장미여, 오, 순수한 모순이여,
그토록 많은 눈꺼풀 아래서
그 누구의 잠도 아닌, 기쁨이여.

Rose, oh reiner Widerspruch,
Lust, Niemandes Schlaf zu sein
unter soviel Lidern.

Der Grabspruch

에피파니 에쎄 플라네르
Epiphany Essai Flaneur

라이너 마리아 릴케
그림 시집

Gedichte & Gemälde von Rainer Maria Rilke

이수정(문학박사, 시인) 옮김

역자 일러두기

1. 기존의 번역들과는 상당히 다른 새로운 번역을 시도했다. 동시에 최대한 릴케 본인의 표현을 훼손하지 않도록 노력했다. 원전에 충실한 거의 직역에 가까운 번역이지만 그 것이 가장 릴케답고 시적임을 독어 원시를 아는 독자들은 느낄 수 있을 것이다. 단, 원시와 번역자의 재량 사이 그 아슬아슬한 선을 줄타기하면서 원래의 단어들을 아름 다운 한국어로 옮기려 신경을 썼다. 또한 번역의 책임성을 위해, 혹은 필요한 독자들 을 위해, 독어 원시를 함께 실었다.

2. 릴케의 대표적 시들 중 총 39편을 골라 뽑았다. 특히 널리 알려진, 혹은 사랑받는 수 작들은 가급적 놓치지 않고 수록했다. 일부 프랑스어 시와 후기의 시도 포함했다. (연 작시를 연별로 나누면 137편이 된다.)

3. 연작시들은 대부분 긴 것이 많아, 역자의 기준으로 일부만 발췌해 옮겼으나, '사랑'과 '어머니들'은 전체를 완역했다.

4. 「진혼곡」, 「마리아의 생애」, 「두이노의 비가」, 「오르페우스에게 바치는 소네트」는 분량 도 많을뿐더러 내용도 독립적이므로 여기에서는 제외했다. 따로 감상하기를 권한다.

5. 배열순서는 시집의 발간연도보다 대체로 시의 집필연도에 따랐다.

6. 릴케는 한 제목하의 연작시가 많아 그 원형에 충실하기 위해 자르지 않고 각 작품별 로 연이은 형태로 배치했다. 단, 연별 독립성도 없지 않으므로 중간에 독자의 편의를 위해 임의로 별표(*)를 삽입해 구분했다. 원시에서 로마숫자로 구분된 것은 그대로 옮겼다.

7. '3. 시간 시집'은 원래 중세 프랑스의 기도서(하루의 여러 시간들에 올린 여러 기도들 의 모음)를 모델로 한 것으로 흔히 『기도 시집』으로 번역되고 있으나, 여기서는 원어 에 충실하기 위해 그냥 『시간 시집』으로 옮겼다. 참고로 일본에서는 『시도집』으로 흔 히 번역된다.

에피파니 에쎄 플라네르
Epiphany Essai Flaneur

라이너 마리아 릴케 그림 시집

Gedichte & Gemälde von Rainer Maria Rilke

이수정(문학박사, 시인) 옮김

에피파니

시인 중의 시인
라이너 마리아 릴케를
특히 여기 소개된 그의 시들을
추천합니다
강추합니다

정원보다 더 정원같은
장미보다 더 장미같은
숲보다 더 숲 같고
별보다 더 별 같은
그의 언어세계는 꿈의 푸른 원경입니다

고백하지만
고등학생 때 읽었던 그의 시 '사랑'은
사랑보다 더 사랑이었고
마법이었고
경이였습니다

'어떻게 이런 게 있을 수 있나…'
그는 아름다운 언어의 한 극치를 보여줍니다

호수의 백조보다 더 아름다운
생상스의 백조 같은

하늘의 별밤보다 더 아름다운
고흐의 별밤 같은
그런 시들을 릴케는 들려줍니다

모든 인간은
릴케를 읽은 이와 안 읽은 이로 나뉘어지고
모든 인생은
릴케를 읽기 전과 읽은 후로 나뉘어집니다

릴케의 이 시집을
선물로 보냅니다
감탄사가 준비된 당신께

2018년 초하初夏 이수정

차례

첫 시집Erste Gedichte 1913

가신家神의 제물Larenopfer 1895

에피파니 에쎄 플라네르
Epiphany Esse Flaneur

라이너 마리아 릴케
그림 시집
Gedichte & Gemälde von Rainer Maria Rilke

2

초기 시집Die frühen Gedichte 1909

나에게 축제로Mir zur Feier 1899

에피파니 이세 플라네트
Epiphany Esse Planeat

라이너 마리아 릴케
그림 시집
Gedichte & Gemälde von Rainer Maria Rilke

3

시간 시집Das Stunden--Buch 1905

4

형상 시집Das Buch der Bilder 1902

에피파니 에쎄 플라네르
Epiphany Essai Flaneur

라이너 마리아 릴케
그림 시집
Gedichte & Gemälde von Rainer Maria Rilke

5

새 시집Neue Gedichte 1907

6

프랑스어 시들Französische Gedichte 1926--1927

에피파니 에세 플라네르
Epiphany Essai Flaneur

라이너 마리아 릴케
그림 시집

Gedichte & Gemälde von Rainer Maria Rilke

7

후기의 시들Spätere Gedichte

Rainer Maria Rilke

1. 첫 시집
Erste Gedichte 1913

가신家神의 제물 *Larenopfer* (1895)

Abend

Einsam hinterm letzten Haus

geht die rote Sonne schlafen,

und in ernste Schlußoktaven

klingt des Tages Jubel aus.

Lose Lichter haschen spät

noch sich auf den Dächerkanten,

wenn die Nacht schon Diamanten

in die blauen Fernen sät.

저녁

쓸쓸히 마지막 집 뒤편으로
붉은 태양은 잠자러 가고,
그리고 진지한 마무리 곡조 속으로
한낮의 환호는 잦아든다.

분방한 빛들은 늦도록 아직
지붕 모서리들 위에서 술래잡기를 하고 논다.
밤은 벌써 푸른 원경 속으로
점점이 다이아몬드를 뿌리고 있는데.

Jar. Vrchlický

Ich lehn im Armstuhl, im bequemen,
wo oft ich Ungemach vergaß,
müd nicken krause Chrysanthemen
im hohen Venezianerglas.

Ich las in einem Band Gedichte
gar lange; wie die Zeit entschwand!
Jetzt erst im Abenddämmerlichte
leg ich sie selig aus der Hand.

Mir ist, von göttlichen Problemen
hätt ich die Lösung jetzt erlauscht, —
hat mich der Hauch der Chrysanthemen,
hat mich Vrchlickýs Buch berauscht?

야로슬라브 브르즐리츠키

안락의자에, 편안한 그 의자에 나는 기대앉아 있다
거기 앉아 나는 종종 괴로움을 잊고는 했다,
뒤엉킨 국화꽃들이 고단한 듯 고개를 꾸벅인다
키가 큰 베네치아 유리화병 속에서.

나는 시집을 한 권 펼쳐들고 시들을 읽었다
아주 오래. 어찌나 시간이 후딱 지나갔는지!
황혼 빛 속에서 이제 비로소
나는 시들을 기쁜 마음으로 손에서 내려놓는다.

나는 마치, 신이 낸 문제의 해답을
남몰래 엿본 듯한 그런 느낌,
국화꽃의 숨결이 나를 취하게 한 것인가,
시인의 책이 나를 취하게 한 것인가?

Wintermorgen

Der Wasserfall ist eingefroren,
die Dohlen hocken hart am Teich.
Mein schönes Lieb hat rote Ohren
und sinnt auf einen Schelmenstreich.

Die Sonne küßt uns. Traumverloren
schwimmt im Geäst ein Klang in Moll;
und wir gehn fürder, alle Poren
vom Kraftarom des Morgens voll.

겨울아침

폭포는 꽁꽁 얼어붙었고,
까마귀들은 연못가에 꼼짝 않고 웅크려 있다.
나의 어여쁜 애인은 귀가 빨개졌고
짓궂은 장난을 궁리하고 있다.

해가 우리에게 키스를 하고, 꿈에 취한 듯
나뭇가지에서 단조의 울림이 하나 떠다닌다.
그리고 우리는 앞으로 걸었고, 땀구멍마다
아침의 기운찬 향기로 가득 찼다.

Maitag

Still! — Ich hör, wie an Geländen
leicht der Wind vorüberhüpft,
wie die Sonne Strahlenenden
an Syringendolden knüpft.

Stille rings. Nur ein geblähter
Frosch hält eine Mückenjagd,
und ein Käfer schwimmt im Äther,
ein lebendiger Smaragd.

Im Geäst spinnt Silberrhomben
Mutter Spinne Zoll um Zoll,
und von Blütenhekatomben
hat die Welt die Hände voll.

오월 한낮

쉿! ― 듣고 있잖아, 어떻게 들판에서
가볍게 바람이 노닐다 가는지,
어떻게 태양이 햇살의 끝자락을
라일락 꽃송이에다 묶어놓는지.

주변엔 고요. 볼이 부푼 한 마리
개구리만이 모기사냥에 여념이 없고,
그리고 한 마리 풍뎅이가 공중에서 헤엄을 치고 있다,
한 덩이 살아 있는 에메랄드다.

나뭇가지에서는 어미거미가
한 뜸 한 뜸 은빛 마름모를 잣고 있고,
그리고 세상은 양손 가득
꽃들의 대량희생을 받아 안고 있다.

Der Träumer

I

Es war ein Traum in meiner Seele tief.
Ich horchte auf den holden Traum:
ich schlief.
Just ging ein Glück vorüber, als ich schlief,
und wie ich träumte, hört ich nicht:
es rief.

II

Träume scheinen mir wie Orchideen. —
So wie jene sind sie bunt und reich.
Aus dem Riesenstamm der Lebenssäfte
ziehn sie just wie jene ihre Kräfte,
brüsten sich mit dem ersaugten Blute,
freuen in der flüchtigen Minute,
in der nächsten sind sie tot und bleich. —

꿈꾸는 사람

I

내 마음속 깊이 꿈이 하나 있었네.

나는 이 사랑스런 꿈에 귀를 기울였네.

나는 잠자고 있었네.

내가 잠자고 있을 때, 막 행복이 하나 지나갔네,

꿈꾸고 있었기에 나는 듣지 못했네,

행복이 부르고 있었는데.

II

꿈들은 나에게 마치 난초 같아 보이네. ─

난초들처럼 꿈들도 다채롭고 그리고 화려하니까.

꿈들은 꼭 저 난초들처럼 삶의 수액의

거대한 줄기로부터 제 힘들을 빨아들이고,

빨아들인 그 피로 으쓱해하고,

덧없는 순간동안 기뻐하다가,

다음 순간 곧바로 시들해지고 창백해지네. ─

Und wenn Welten oben leise gehen,

fühlst dus dann nicht wie von Düften wehen?

Träume scheinen mir wie Orchideen. —

그리고 저 위의 세상이 그윽이 움직일 때,

그때 그대는 못 느끼는가, 그게 어떻게 향기로 불어오는지?

꿈들은 나에게 마치 난초 같아 보이네. ―

Maurice Utrillo, 〈몽마르트Montmartre〉

쉿! ─ 듣고 있잖아, 어떻게 들판에서
가볍게 바람이 노닐다 가는지,
어떻게 태양이 햇살의 끝자락을
라일락 꽃송이에다 묶어놓는지.

Maurice Utrillo, 〈고블랭의 공장들Usines à Gobelins〉

Mein Geburtshaus

Der Erinnrung ist das traute
Heim der Kindheit nicht entflohn,
wo ich Bilderbogen schaute
im blauseidenen Salon.

Wo ein Puppenkleid, mit Strähnen
dicken Silbers reich beträßt,
Glück mir war; wo heiße Tränen
mir das "Rechnen" ausgepreßt.

Wo ich, einem dunklen Rufe
folgend, nach Gedichten griff,
und auf einer Fensterstufe
Tramway spielte oder Schiff.

나의 생가

어린 시절의 정든 그 집은
기억에서 한시도 떠난 적이 없네.
그 집 푸른 실크의 응접실에서
난 그림첩의 그림들을 보고는 했지.

거기에선 촘촘한 은실 가닥으로
잔뜩 치장을 한 인형의 옷이,
내겐 참 행복이었지; 거기에선 또 "계산"이
뜨거운 눈물을 내게서 자아내기도 했네.

거기에서 난, 알 듯 모를 듯한 부름에 따르면서,
시들을 손에 거머쥐곤 했고,
그리고 창 쪽 계단 위에서
전차나 배를 갖고 놀기도 했지.

Wo ein Mädchen stets mir winkte

drüben in dem Grafenhaus…

Der Palast, der damals blinkte,

sieht heut so verschlafen aus.

Und das blonde Kind, das lachte,

wenn der Knab ihm Küsse warf,

ist nun fort; fern ruht es sachte,

wo es nie mehr lächeln darf.

거기에선 저 위 백작의 저택에서
한 소녀가 언제나 내게 윙크를 하곤 했는데…
그 당시 으리으리했던 그 저택도
이젠 깊이 잠이 든 모양새.

그리고 소년이 손으로 키스를 던졌을 때,
웃어주던 그 금발 소녀는,
아, 이제는 없네; 그녀는 조용히 쉬고 있다지,
더 이상 미소 지을 수 없는 먼 곳에서.

Das Märchen von der Wolke

Der Tag ging aus mit mildem Tone,
so wie ein Hammerschlag verklang.
Wie eine gelbe Goldmelone
lag groß der Mond im Kraut am Hang.

Ein Wölkchen wollte davon naschen,
und es gelang ihm, ein paar Zoll
des hellen Rundes zu erhaschen,
rasch kaut es sich die Bäckchen voll.

Es hielt sich lange auf der Flucht auf
und zog sich ganz mit Lichte an; —
da hob die Nacht die goldne Frucht auf:
Schwarz ward die Wolke und zerrann.

구름에 관한 동화

낮이 부드러운 톤으로 저물어갔어,
마치 망치질 소리가 잦아들 듯이.
한 개의 노란 황금 멜론처럼
산비탈 채소밭에 달이 커다랗게 누워 있었어.

자그만 구름 하나가 그걸 먹어보고 싶었어,
해서 달에게 다가가, 덥석 한 입
밝은 테두리를 베어 물고는
잽싸게 그 귀여운 볼 한가득 오물거렸어.

구름은 달아나다가 한참 멈추어 서서
온통 빛으로 옷을 입었어; —
그때 밤이 그 금빛 과일을 들어 올렸어:
구름은 어두워졌고 그리고 녹아버렸어.

Aus der Kinderzeit

Sommertage auf der "Golka"...
Ich, ein Kind noch. — Leise her,
aus dem Gasthaus klingt die Polka,
und die Luft ist sonnenschwer. —

Sonntag ists. — Es liest Helene
lieb mir vor. — Im Lichtgeglänz
ziehn die Wolken, wie die Schwäne
aus dem Märchen Andersens.

Schwarze Fichten stehn wie Wächter
bei der Wiesen buntem Schatz;
von der Straße dringt Gelächter
bis zu unserm Laubenplatz.

어린 시절에서

'골카'에서 지낸 여름날들…
나, 아직 아이였을 때. ― 나직이 이리로,
객관客館에서는 폴카음악이 울려왔고,
그리고 공기는 햇빛이 짙다.

일요일이다. ― 헬레네는 내게 사랑스럽게
책을 읽어준다. ― 반짝이는 빛 속에서
구름은 흘러간다, 마치 안데르센의
동화에 나오는 그 백조들처럼.

검은 삼나무들은 초원의 눈부신
보물 곁에 파수꾼처럼 서 있고;
거리에서는 웃음소리가 밀려든다,
우리의 정자가 있는 곳까지.

An die Mauer lockt uns beide

mancher laute Jubelschrei :

drunten geht im Feierkleide

Paar um Paar zum Tanz vorbei.

Bunt und selig, Bursch und Holka,

Glück und Sonne im Gesicht! —

Sommertage auf der "Golka", —

und die Luft war voller Licht…

여러 차례 떠들썩한 환호소리가
우리 둘을 벽에다 바짝 붙게 만들고:
저 아래에선 축제 옷차림으로
쌍쌍이 춤을 추러 지나간다.

다채롭고 복스러운, 총각과 처녀,
얼굴에는 온통 행복과 햇살! ―
'골카'에서 지낸 여름날들, ―
그리고 공중은 빛으로 가득했다.

Maurice Utrillo, 〈메닐몽탕Menilmontant〉

꿈의 관을 쓰고서*Traumgekrönt 1897*

Träumen

II

Ich denke an:

Ein Dörfchen schlicht in des Friedens Prangen,

drin Hahngekräh;

und dieses Dörfchen verloren gegangen

im Blütenschnee.

Und drin im Dörfchen mit Sonntagsmienen

ein kleines Haus;

ein Blondkopf nickt aus den Tüllgardinen

verstohlen heraus.

Rasch auf die Türe, die angelheiser

um Hilfe ruft, —

und dann in der Stube ein leiser, leiser

Lavendelduft…

꿈[*]

II

생각이 난다:

순박하게 평화의 화사함 속에 있는 아담한 마을,

거기 닭소리;

그리고 이 마을, 꽃눈발 속에서

사라져갔고.

그리고 거기 일요일 표정을 한 마을에

작은 집 한 채;

한 금발머리가 망사커튼 밖으로

살그머니 고개를 까닥이고.

재빨리 문들 위에로, 경첩의 쉰소리가

도와 달라 부르고, ―

그리고 나서 방 안엔 그윽하고 또 그윽한

라벤더의 꽃내음…

[*] 연작의 일부

III

Mir ist: ein Häuschen war mein eigen;
vor seiner Türe saß ich spät,
wenn hinter violetten Zweigen
bei halbverhalltem Grillengeigen
die rote Sonne sterben geht.

Wie eine Mütze grünlich—samten
steht meinem Haus das moosge Dach,
und seine kleinen, dickumrammten
und blankverbleiten Scheiben flammten
dem Tage heiße Grüße nach.

Ich träumte, und mein Auge langte
schon nach den blassen Sternen hin, —
vom Dorfe her ein Ave bangte,
und ein verlorner Falter schwankte
im schneeig schimmernden Jasmin.

Die müde Herde trollte trabend
vorbei, der kleine Hirte pfiff, —

III

내게 든 생각: 조그맣고 예쁜 나의 집이 있었다;

그 문 앞에 난 늦도록 앉아 있었다,

보랏빛 나뭇가지들 뒤로

반쯤 사라져간 귀뚜라미의 바이올린을 들으며

붉은 해가 차츰 저물어갈 때.

초록빛—벨벳 모자처럼

나의 집에는 이끼 앉은 지붕이 덮혀 있고

그리고 그 작고, 두껍게 테를 두른

그리고 매끈하게 납을 입힌 유리창들은

낮에게 뜨거운 인사를 불태웠다.

나는 꿈을 꾸었고, 그리고 나의 눈은

벌써 창백한 별들을 향해 손을 뻗었다, —

마을로부터는 어느 아베마리아가 아련히 들려왔고,

그리고 길 잃은 나비 한 마리가 나풀거렸다

눈처럼 은은히 빛나는 자스민 속에서.

지친 양떼들은 종종걸음으로 서둘러 지나갔고,

어린 목동은 휘파람을 불었고, —

und in die Hand das Haupt vergrabend,

empfand ich, wie der Feierabend

in meiner Seele Saiten griff.

그리고 손으로 머리를 감싼 채,
나는 느꼈다, 어떻게 하루의 끝이
내 영혼 속에서 현을 켜는지를.

IV

Eine alte Weide trauert

dürr und fühllos in den Mai, —

eine alte Hütte kauert

grau und einsam hart dabei.

War ein Nest einst in der Weide,

in der Hütt ein Glück zu Haus;

Winter kam und Weh, — und beide

blieben aus…

IV

한 늙은 실버들이

앙상하게 그리고 무심하게 오월을 슬퍼하고 있고, ―

한 낡은 오두막이

잿빛으로 그리고 쓸쓸하게 그 바로 곁에 웅크리고 있다.

버드나무엔 한때 새 둥지가 있었고,

오두막에는 행복이 깃들어 있었지만;

겨울이 오고 그리고 고통이 왔다, ― 하여

이제는 둘 다 온데간데없다.

V

Die Rose hier, die gelbe,

gab gestern mir der Knab,

heut trag ich sie, dieselbe,

hin auf sein frisches Grab.

An ihren Blättern lehnen

noch lichte Tröpfchen, — schau!

Nur heute sind es Tränen, —

und gestern war es Tau…

V

여기 이 장미, 노란 장미를,

어제 그 소년이 내게 주었다,

오늘 이 장미, 같은 장미를,

그의 갓 만든 무덤 위에 나는 갖다 놓는다.

장미 꽃잎들에는 아직도

투명한 물방울들이 맺혀 있다, ― 보렴!

어제는 이슬방울이었던 그것,

오늘은 눈물방울인 것을…

VI

Wir saßen beisammen im Dämmerlichte.
"Mütterchen", schmeichelte ich, "nicht wahr,
du erzählst mir noch einmal die schöne Geschichte
von der Prinzessin mit goldnem Haar?" —

Seit Mütterchen tot ist, durch dämmernde Tage
führt mich die Sehnsucht, die blasse Frau;
und von der schönen Prinzessin die Sage
weiß sie wie Mütterchen ganz genau…

VI

우리는 어스름 속에 함께 앉아 있었다.

"엄마", 나는 응석을 부렸다. "해줄 거지,

금빛 머리의 공주님 이야기

그 예쁜 이야기 한 번 더 해줄 거지?" —

엄마가 돌아가신 뒤로, 저무는 하루를 가로질러

창백한 여인, 그리움이 나를 인도해준다;

그리고 아름다운 공주님에 대한 그 전설을

그녀는 엄마처럼 아주 잘 알고 있다…

나는 잠자고 있었네.
내가 잠자고 있을 때, 막 행복이 하나 지나갔네,
꿈꾸고 있었기에 나는 듣지 못했네,
행복이 부르고 있었는데.

Maurice Utrillo, 〈라팽 아질Le Lapin Agile〉

Maurice Utrillo, 〈몽니스 거리Rue Du Mont Cenis〉

VIII

Jene Wolke will ich neiden,
die dort oben schweben darf!
Wie sie auf besonnte Heiden
ihre schwarzen Schatten warf.

Wie die Sonne zu verdüstern
sie vermochte kühn genug,
wenn die Erde lichteslüstern
grollte unter ihrem Flug.

All die goldnen Strahlenfluten
jener Sonne wollt auch ich
hemmen! Wenn auch für Minuten!
Wolke! Ja, ich neide dich!

VIII

저기 저 위에서 두둥실 떠갈 수 있는,
저 구름이 나는 부럽다!
어떻게 구름은 양지바른 들판 위에다
제 짙은 그림자를 드리우는가.

어떻게 구름은 해를 어둡게 하는 걸
그리도 대담하게 해낼 수 있었을까,
대지가 빛을 탐내어
해의 비행 아래에서 천둥을 우르릉 울렸을 때.

저 모든 금빛 햇살의 범람을
나 또한 막아보고 싶다!
단 몇 분만이라도!
구름이여! 그래, 나는 네가 부럽다!

XI

Weiß ich denn wie mir geschieht?
In den Lüften Düftequalmen
und in bronzebraunen Halmen
ein verlornes Grillenlied.

Auch in meiner Seele klingt
tief ein Klang, ein traurig—lieber, —
so hört wohl ein Kind im Fieber,
wie die tote Mutter singt.

XI

어찌 된 일인지 난들 알까?
공기 속으론 꽃향기들 자욱이 풍기고
청갈색 풀줄기들 속에선
귀뚜라미들의 쓸쓸한 노래.

내 영혼 속에서도 울리고 있다
깊숙이 어떤 소리가, 슬프고도 — 사랑스런 어떤 소리가, —
열병 앓는 아이도 분명 그렇게 들으리
돌아가신 엄마가 노래하는 것인 양

XIV

Die Nacht liegt duftschwer auf dem Parke,
und ihre Sterne schauen still,
wie schon des Mondes weiße Barke
im Lindenwipfel landen will.

Fern hör ich die Fontäne hallen
ein Märchen, das ich längst vergaß, —
und dann ein leises Apfelfallen
ins hohe, regungslose Gras.

Der Nachtwind schwebt vom nahen Hügel
und trägt durch alte Eichenreihn
auf seinem blauen Falterflügel
den schweren Duft vom jungen Wein.

XIV

밤은 향기 짙게 공원에 누워 있고,

그리고 밤의 별들은 고요히 바라보고 있다,

어느새 달의 하이얀 쪽배가

보리수 우듬지에 안착하려는 것을.

멀리서 분수들이 읊어주는 걸 나는 듣는다

어떤 동화를, 오래전에 잊어버린 어떤 동화를, ―

그러고 나서 조용히 사과가 하나 툭

높이 자란, 미동도 없는 풀 속으로 떨어진다.

밤바람이 가까운 언덕에서 가볍게 날아와

늙은 참나무의 대열을 가로질러

제 푸른 나비날개 위에다

햇 포도주의 짙은 향기를 실어 나른다.

XV

Im Schoß der silberhellen Schneenacht

dort schlummert alles weit und breit,

und nur ein ewig wildes Weh wacht

in einer Seele Einsamkeit.

Du fragst, warum die Seele schwiege,

warum sies in die Nacht hinaus

nicht gießt? — Sie weiß, wenns ihr entstiege,

es löschte alle Sterne aus.

XV

은빛으로 빛나는 설야의 자궁 속에서

거기서 모든 게 어디 없이 선잠을 자고,

그리고 영원히 날뛰는 아픔만이

영혼의 고독 속에서 깨어 있다.

너는 묻는다, 왜 영혼은 침묵하는지,

왜 영혼은 그것을 밤의 밖으로 쏟아내지 못하는지? ―

영혼은 안다, 고통을 쏟아내면,

모든 별들이 다 꺼져버릴 거라는 걸.

XVI

Abendläuten. Aus den Bergen hallt es
wieder neu zurück in immer mattern
Tönen. Und ein Lüftchen fühlst du flattern
von dem grünen Talgrund her, ein kaltes.

In den weißen Wiesenquellen lallt es
wie ein Stammeln kindischen Gebetes;
durch den schwarzen Tannenhochwald geht es
wie ein Dämmern, ein jahrhundertaltes.

Durch die Fuge eines Wolkenspaltes
wirft der Abend rote Blutkorallen
nach den Felsenwänden. — Und sie prallen
lautlos von den Schultern des Basaltes.

XVI

저녁 종소리. 산들로부터 새롭게 다시 반향해 온다
점점 더 희미해진 소리로다가.
그리고 한 줄기 미풍이, 차가운 미풍이,
초록빛 골짜기 밑에서 날아오는 걸 너는 느낀다.

그 소리는 하얀 초원의 샘들 속에서 웅얼거린다
아이들 기도하는 중얼거림처럼;
그 소리는 검은 전나무 숲을 가로질러 간다.
어스름처럼, 수백 년 묵은 어스름처럼.

구름이 갈라진 틈새를 통해서
저녁이 붉은 산호들을 던지고 있다
암벽들을 향해서. ― 그리고 그 산호들은
현무암의 어깨에 소리 없이 부딪친다.

Maurice Utrillo, 〈몽마르트Montmartre〉

Maurice Utrillo, 〈몽마르트Montmartre〉

XX

Die Fenster glühten an dem stillen Haus,
der ganze Garten war voll Rosendüften.
Hoch spannte über weißen Wolkenklüften
der Abend in den unbewegten Lüften
die Schwingen aus.

Ein Glockenton ergoß sich auf die Au…
·Lind wie ein Ruf aus himmlischen Bezirken.
Und heimlich über flüstervollen Birken
sah ich die Nacht die ersten Sterne wirken
ins blasse Blau.

XX

창들은 고요한 집 벽에서 빛이 났고,
온 정원은 장미향기로 가득했다.
드높이 하얀 구름들 틈새 위에서는
저녁이 움직임 없는 공기 속에서
양 날개를 활짝 펼쳤다.

한 자락 종소리가 초원 위로 쏟아졌다…
마치 하늘나라로부터의 부름인 양 잔잔하게.
그리고 남몰래 속삭임 가득한 자작나무 위에서
나는 보았다, 밤이 창백한 푸름 속으로
첫 별들을 생성하는 것을.

XXI

Es gibt so wunderweiße Nächte,
drin alle Dinge Silber sind.
Da schimmert mancher Stern so lind,
als ob er fromme Hirten brächte
zu einem neuen Jesuskind.

Weit wie mit dichtem Diamantstaube
bestreut, erscheinen Flur und Flut,
und in die Herzen, traumgemut,
steigt ein kapellenloser Glaube,
der leise seine Wunder tut.

XXI

아주 놀랍도록 하얀 밤들이 있다,

거기선 모든 사물들이 다 은빛.

그땐 많은 별들이 아주 잔잔히 가물거리며,

마치 신실한 목동들을

갓 난 아기예수에게로 인도하는 듯.

멀리, 마치 잘디잔 다이아몬드 가루를

뿌려놓은 듯, 평원과 큰 물결이 나타나고,

그리고 가슴들마다엔, 꿈에 취한 듯,

조용히 제 기적을 행하는

예배당 없는 신앙이 자라난다.

XXIII

Wie, jegliches Gefühl vertiefend,
ein süßer Drang die Brust bewegt,
wenn sich die Mainacht, sternetriefend,
auf mäuschenstille Plätze legt —

Da schleichst du hin auf sachter Sohle
und schwärmst zum blanken Blau hinauf,
und groß wie eine Nachtviole
geht dir die dunkle Seele auf…

XXIII

모든 감각들이 자꾸 깊어가는 듯이,

한 달콤한 충동이 가슴을 흔든다,

오월 밤이, 하르르 별들을 떨구면서

쥐죽은 듯 고요한 광장들 위에 몸을 누일 때면 ─

그때 너는 발소리 죽여 살그머니 나가서

반짝이는 푸름 위를 향해 흠모를 하고,

그리고 한 송이 밤제비꽃처럼 활짝

어둑한 영혼이 너에게 피어난다…

XXIV

O gäbs doch Sterne, die nicht bleichen,
wenn schon der Tag den Ost besäumt;
von solchen Sternen ohnegleichen
hat meine Seele oft geträumt.

Von Sternen, die so milde blinken,
daß dort das Auge landen mag,
das müde ward vom Sonnetrinken
an einem goldnen Sommertag.

Und schlichen hoch ins Weltgetriebe
sich wirklich solche Sterne ein, —
sie müßten der verborgnen Liebe
und allen Dichtern heilig sein.

XXIV

오, 하지만 빛 바래지 않는 별들이 있기를,

낮이 벌써 동녘을 잠식한다 하여도;

비할 바 없는 그런 별들을

나의 영혼은 자주 꿈꾸었다.

어느 금빛 여름날에

해를 마시느라 지친

나의 눈이 거기에 이르고 싶은

아주 은은히 빛나는 그런 별들을.

그리고 정말로 그런 별들이

높아서 세계의 분망 속으로 슬쩍 끼어든다면, ―

그 별들은 숨겨진 사랑에게 그리고

모든 시인들에게 성스러울 게 틀림없으리.

XXV

Mir ist so weh, so weh, als müßte
die ganze Welt in Grau vergehn,
als ob mich die Geliebte küßte
und spräch: Auf Nimmerwiedersehn.

Als ob ich tot wär und im Hirne
mir dennoch wühlte wilde Qual,
weil mir vom Hügel eine Dirne
die letzte, blasse Rose stahl…

XXV

나는 너무 아프다, 너무 아프다, 마치 꼭
온 세상이 잿빛 속으로 사라진 것처럼,
마치 꼭 사랑하는 그녀가 내게 입을 맞추고
"다시는 만나지 말아요" 하고 말한 것처럼.

마치 꼭 내가 죽었는데, 뇌 속에는
여전히 거친 고통이 파고드는 듯하다,
그건 나의 무덤에서 한 소녀가
마지막, 흰 장미를 몰래 가져갔기에…

- Montmartre -

Maurice Utrillo, 〈몽마르트Montmartre〉

XXVI

Matt durch der Tale Gequalme wankt
Abend auf goldenen Schuhn, —
Falter, der träumend am Halme hangt,
weiß nichts vor Wonne zu tun.

Alles schlürft heil an der Stille sich. —
Wie da die Seele sich schwellt,
daß sie als schimmernde Hülle sich
legt um das Dunkel der Welt.

XXVI

계곡의 자욱한 안개를 가로질러
금빛 신발을 신은 저녁이 지쳐 흐느적 걷고 있다. ―
꿈꾸며 풀줄기에 매달린 나비는
환희로 어찌할 바를 모르고 있고.

만유는 고요를 들이마시고 온전해진다. ―
그때 영혼은 어찌나 부풀어 오르는지,
은은히 빛나는 보자기가 되어
세계의 어둠을 온통 둘러싼다.

XXVII

Ein Erinnern, das ich heilig heiße,

leuchtet mir durchs innerste Gemüt,

so wie Götterbildermarmorweiße

durch geweihter Haine Dämmer glüht.

Das Erinnern einstger Seligkeiten,

das Erinnern an den toten Mai, —

Weihrauch in den weißen Händen, schreiten

meine stillen Tage dran vorbei...

XXVII

내가 신성하다 부르는 한 추억이,

나의 가장 내밀한 감정을 가로질러 빛을 발한다,

신들의 모습이 새겨진 대리석 흰 면이

성스런 숲의 어스름을 가로질러 빛을 내듯이.

옛날의 지극했던 행복의 추억,

사라진 오월에 대한 그 추억, ―

하얀 두 손에 유향을 받쳐 들고서,

나의 고요한 날들이 그 추억을 스쳐 지나간다…

Lieben

I

Und wie mag die Liebe dir kommen sein?
Kam sie wie ein Sonnen, ein Blütenschnein,
kam sie wie ein Beten? — Erzähle:

Ein Glück löste leuchtend aus Himmeln sich los
und hing mit gefalteten Schwingen groß
an meiner blühenden Seele...

사랑

I
사랑이 어떻게 너에게로 왔는가?
햇빛처럼, 꽃보라처럼 왔는가,
혹은 기도처럼 왔는가? ─ 얘기해보렴:

행복이 반짝거리며 하늘에서 풀려와
날개를 접고 커다랗게 걸쳐졌었지
꽃피는 나의 가슴에…

II

Das war der Tag der weißen Chrysanthemen, —
mir bangte fast vor seiner schweren Pracht…
Und dann, dann kamst du mir die Seele nehmen
tief in der Nacht.

Mir war so bang, und du kamst lieb und leise, —
ich hatte grad im Traum an dich gedacht.
Du kamst, und leis wie eine Märchenweise
erklang die Nacht…

II

그건 하이얀 국화가 피어 있던 날이었다, —

그 짙은 화사함 앞에서 난 거의 불안할 지경이었다…

그리고 그때, 그때 네가 나에게로 와 마음을 앗아버렸다.

깊은 밤이었다.

나는 몹시 불안하였고, 그리고 네가 왔다 사랑스럽게 그리고

조용히, — 나는 막 꿈에서 너를 생각했었다.

네가 왔고, 그리고 은은히 동화에서처럼

밤이 울려퍼졌다…

III

Einen Maitag mit dir beisammen sein,
und selbander verloren ziehn
durch der Blüten duftqualmende Flammenreihn
zu der Laube von weißem Jasmin.

Und von dorten hinaus in den Maiblust schaun,
jeder Wunsch in der Seele so still…
Und ein Glück sich mitten in Mailust baun,
ein großes, — das ists, was ich will…

III

어느 오월에 너와 함께 있다

그리고 둘이서 묵묵히 걷는다

향기 자욱이 번지는 꽃들의 불타는 대열을 가로질러

하이얀 자스민의 정자 쪽으로.

그리고 거기 그 바깥 오월이 만발한 속으로

가슴속 모든 소망들이 아주 조용히 바라본다…

그리고 행복 하나가 오월의 기쁨 한복판에서 피어난다

커다란 행복, — 바로 이것이다, 내가 원하는 것…

Maurice Utrillo, 〈교외의 거리|Rue de banlieue〉

그리고 소년이 손으로 키스를 던졌을 때,

웃어주던 그 금발 소녀는,

아, 이제는 없네; 그녀는 조용히 쉬고 있다지,

더 이상 미소 지을 수 없는 먼 곳에서.

———

Maurice Utrillo, 〈눈 덮인 극장 아뜰리에Théatre de L'Atelier sous la neige〉

IV

Ich weiß nicht, wie mir geschieht…

Weiß nicht, was Wonne ich lausche,

mein Herz ist fort wie im Rausche,

und die Sehnsucht ist wie ein Lied.

Und mein Mädel hat fröhliches Blut

und hat das Haar voller Sonne

und die Augen von der Madonne,

die heute noch Wunder tut.

IV

나는 모르겠다, 어떻게 내게 이런 일이 일어나는지…
모르겠다, 무슨 환희를 내가 엿보는 건지,
나의 가슴은 설레임 속에서인 듯 두근거리고
그리고 그리움은 마치 노래와도 같다.

그리고 나의 소녀에겐 명랑한 피가 흐르고
그리고 햇빛 가득한 머리카락이 있고
그리고 성모의 두 눈을 갖고 있다
오늘 아직도 기적을 행하는.

V

Ob du's noch denkst, daß ich dir Äpfel brachte
und dir das Goldhaar glatt strich leis und lind?
Weißt du, das war, als ich noch gerne lachte,
und du warst damals noch ein Kind.

Dann ward ich ernst. In meinem Herzen brannte
ein junges Hoffen und ein alter Gram…
Zur Zeit, als einmal dir die Gouvernante
den "Werther" aus den Händen nahm.

Der Frühling rief. Ich küßte dir die Wangen,
dein Auge sah mich groß und selig an.
Das war ein Sonntag. Ferne Glocken klangen,
und Lichter gingen durch den Tann…

V

너는 아직도 기억하니? 내가 너에게 사과를 갖다 주던 일을
그리고 너의 금빛 머리를 조용히 부드럽게 빗어주던 일을.
너는 아니? 그건 내가 아직도 잘 웃던 때였던 것을.
그리고 너는 그때 아직도 어린애였던 것을.

어느덧 나는 진지해졌다. 나의 가슴속에선 타고 있었다,
젊은 희망과 묵은 원망이…
언젠가 여선생님이 너의 손에서
'베르테르'를 빼앗던 무렵이었다.

봄이 부르고 있었다. 나는 너의 두 뺨에 키스했다,
너의 눈은 커다랗게 그리고 기쁨에 차서 나를 바라보았다.
일요일이었다. 멀리서 종소리가 울렸고,
그리고 전나무숲 사이로 빛들이 새어 내리고 있었다…

VI

Wir saßen beide in Gedanken
im Weinblattdämmer — du und ich —
und über uns in duftgen Ranken
versummte wo ein Hummel sich.

Reflexe hielten, bunte Kreise,
in deinem Haare flüchtig Rast…
Ich sagte nichts als einmal leise:
"Was du für schöne Augen hast."

VI

우리는 둘 다 생각에 잠겨 앉아 있었다
포도 잎사귀가 우거진 속에서 ― 너와 나와 ―
그리고 우리 위 향긋한 덩굴 속 어디선가
꿀벌이 윙윙거리고 있었다.

아롱진 원형의 반사 빛이
너의 머리카락에 머물러 잠시 쉬었다⋯
나는 단 한 번 나직이 말했을 뿐,
"넌 어쩌면 그리도 예쁜 눈을 가졌을까."

VII

Blondköpfchen hinter den Scheiben

hebt es sich ab so fein, —

sternt es ins Stäubchentreiben

oder zu mir herein?

Ist es das Köpfchen, das liebe,

das mich gefesselt hält,

oder das Stäubchengetriebe

dort in der sonnigen Welt?

Keins sieht zum andern hinüber.

Heimlich, die Stirne voll Ruh

schreitet der Abend vorüber…

Und wir? Wir sehn ihm halt zu. —

VII

유리창 뒤로 블론드의 머리가

너무나도 멋지게 눈길을 끈다, ―

먼지조각의 떠다님을 바라보는 것인가

혹은 내 쪽을 바라보는 것인가?

나를 사로잡은 것은, 그 머리인가,

그 사랑스러운,

아니면 저기 해 밝은 세계 속

분망한 먼지조각의 떠다님인가?

어느 것도 다른 것을 넘어다보지 않는다.

휴식 가득한 머리가

저녁이 유유히 지나쳐 걸어간다…

그리고 우리는? 우리는 그 저녁을 마냥 바라본다. ―

VIII

Die Liese wird heute just sechzehn Jahr.

Sie findet im Klee einen Vierling…

Fern drängt sichs wie eine Bubenschar:

die Löwenzähne mit blondem Haar

betreut vom sternigen Schierling.

Dort hockt hinterm Schierling der Riesenpan,

der strotzige, lose Geselle.

Jetzt sieht er verstohlen die Liese nahn

und lacht und wälzt durch den Wiesenplan

des Windes wallende Welle…

VIII

리제는 오늘 막 열여섯 살이 된다.

그녀는 풀밭에서 네잎클로버를 하나 찾아낸다…

멀리엔 한 무리의 소년들 같이 떼 지어 모여 있다.

금발의 민들레들이다

주변엔 별 모양 미나리풀이 감싸고 있고.

거기 미나리풀 뒤에는 거대한 목양신이 웅크리고 있다.

당당하고 거침없는 그 친구가.

이제 그는 리제가 다가오는 걸 힐끔 훔쳐본다

그리고 웃고 춤을 춘다

바람 넘실대는 물결의 초원을 가로지르며…

저 모든 금빛 햇살의 범람을
나 또한 막아보고 싶다!
단 몇 분만이라도!
구름이여! 그래, 나는 네가 부럽다!

———
Maurice Utrillo, 〈교외 공장Usines de Banlieue〉

Maurice Utrillo, 〈눈 덮인 세인트 버나드 교회L'église de Saint—Bernard sous la neige〉

IX

Ich träume tief im Weingerank
mit meiner blonden Kleinen;
es bebt ihr Händchen, elfenschlank,
im heißen Zwang der meinen.

So wie ein gelbes Eichhorn huscht
das Licht hin im Reflexe,
und violetter Schatten tuscht
ins weiße Kleid ihr Kleckse.

In unsrer Brust liegt glückverschneit
goldsonniges Verstummen.
Da kommt in seinem Sammetkleid
ein Hummel Segen summen…

IX

나는 포도덩굴 속에서 깊이 꿈을 꾼다
내 금발의 소녀와 함께.
그녀의 귀여운 손이 떨고 있다, 요정처럼 가냘프게,
뜨겁게 잡은 내 손 안에서.

마치 노란 다람쥐가 휙 달아나듯이
반사된 빛이 반짝 스치고
보랏빛 그림자는 하얀 옷에다가
자기의 얼룩을 그려넣는다.

우리의 가슴속에는 행복이 내려 쌓인 듯
금빛 햇살의 침묵이 자리하고 있다.
거기에 빌로도 옷을 입고서 온다
꿀벌 한 마리가 축복을 윙윙거리며…

X

Es ist ein Weltmeer voller Lichte,
das der Geliebten Aug umschließt,
wenn von der Flut der Traumgesichte
die keusche Seele überfließt.

Dann beb ich vor der Wucht des Schimmers
so wie ein Kind, das stockt im Lauf,
geht vor der Pracht des Christbaumzimmers
die Flügeltüre lautlos auf.

X

꿈의 얼굴이 밀물처럼 밀려와

순결한 영혼이 넘쳐흐를 때

사랑하는 그녀의 두 눈에 감도는 그건

그건 빛들 가득한 큰 바다다.

그때 난 감당할 수 없는 그 잔잔한 빛 앞에서 몸을 떤다.

마치, 날개문이 소리도 없이 열어젖혀져

크리스마스 트리의 방이 화사하게 펼쳐질 때

가던 발을 멈추고 숨죽이는 어린아이처럼.

XI

Ich war noch ein Knabe. Ich weiß, es hieß:
Heut kommt Base Olga zu Gaste...
Dann sah ich dich nahn auf dem schimmernden Kies,
ins Kleidchen gepreßt, ins verblaßte.

Bei Tisch saß man später nach Ordnung und Rang
und frischte sich mäßig die Kehle;
und wie mein Glas an das deine klang,
da ging mir ein Riß durch die Seele.

Ich sah dir erstaunt ins Gesicht und vergaß
mich dem Plaudern der andern zu einen,
denn tief im trockenen Halse saß
mir würgend ein wimmerndes Weinen.

Wir gingen im Parke. — Du sprachst vom Glück
und küßtest die Lippen mir lange,
und ich gab dir fiebernde Küsse zurück
auf die Stirne, den Mund und die Wange.

XI

나는 아직 소년이었다. 나는 안다, 그렇게 불렸다는 걸.
오늘은 사촌누이 올가가 손님으로 온다.
얼마 후 난 반짝이는 자갈을 밟고 오는 너를 보았다
귀여운, 빛 바랜 옷을 조여 입고서.

그 후에 식구들은 질서 있게 식탁에 둘러앉아서
적당히 목을 축였다.
그리고 나의 잔이 너의 잔에 부딪친 것처럼
그때 내 마음에 금이 하나 갔다.

나는 놀라서 너의 얼굴을 들여다봤다, 그리고
일부러 딴 사람들의 수다에 정신을 팔았다.
왜냐면 내 마른 목구멍 안 깊숙이
울컥하면서 흐느끼는 울음이 앉아 있었으니까.

우리는 공원 안을 거닐었다. ─ 너는 행복에 대해 이야기했다.
그리고 나의 입술에 오래 키스했다.
그리고 나는 너에게 열정적인 키스들을 되돌려줬다
이마에다, 입에다, 그리고 뺨에다.

Und da machtest du leise die Augen zu,

die Wonne blind zu ergründen…

Und mir ahnte im Herzen: da wärest du

am liebsten gestorben in Sünden…

그리고 그때 넌 조용히 두 눈을 감았다,
환희를 맹목으로 만끽하려는 듯…
그리고 난 마음속으로 짐작했다. 그때 너는
죄들 속에서도 기꺼이 죽었으리라고…

XII

Die Nacht im Silberfunkenkleid

streut Träume eine Handvoll,

die füllen mir mit Trunkenheit

die tiefe Seele randvoll.

Wie Kinder eine Weihnacht sehn

voll Glanz und goldnen Nüssen, —

seh ich dich durch die Mainacht gehen

und alle Blumen küssen.

XII

밤은 은빛 찬연한 옷을 입고
한 줌 가득 꿈들을 뿌린다.
꿈들은 취한 듯 몽롱함으로
내 깊숙한 영혼을 속속들이 채운다.

마치 아이들이 가득한 광휘와
금빛 호두의 크리스마스를 보듯이, ―
나는 본다, 네가 오월 밤을 걸으며
모든 꽃들에게 하나 하나 입맞추는 것을.

Eglise de Saint Bernard.

Maurice Utrillo, 〈세인트–버나드 교회Église de saint–bernard〉

XIII

Schon starb der Tag. Der Wald war zauberhaft,
und unter Farren bluteten Zyklamen,
die hohen Tannen glühten, Schaft bei Schaft,
es war ein Wind, — und schwere Düfte kamen.
Du warst von unserm weiten Weg erschlafft,
ich sagte leise deinen süßen Namen:
Da bohrte sich mit wonnewilder Kraft
aus deines Herzens weißem Liliensamen
die Feuerlilie der Leidenschaft.

Rot war der Abend — und dein Mund so rot,
wie meine Lippen sehnsuchtheiß ihn fanden,
und jene Flammen, die uns jäh durchloht,
sie leckten an den neidischen Gewanden…
Der Wald war stille, und der Tag war tot.
Uns aber war der Heiland auferstanden,
und mit dem Tage starben Neid und Not.
Der Mond kam groß an unsern Hügeln landen,
und leise stieg das Glück aus weißem Boot.

XIII

날은 벌써 저물어 있었다. 숲은 신비에 싸여 있었고,

송아지들 발치엔 핏빛 시클라멘이 피어 있었고,

높다란 전나무는 한 그루 한 그루, 붉은 노을로 타고 있었다,

바람이 불었고, ― 그리고 짙은 향기가 풍겨왔다.

우린 먼 길을 걸었기에 너는 지쳐 있었다.

나는 나지막이 너의 달콤한 이름을 불렀다.

그러자 주체 못할 기쁨의 힘으로

네 마음의 하얀 나리씨로부터

정열의 불꽃나리가 터져 나왔다.

저녁은 붉게 물들었고 ― 그리고 그리움에 단 나의 입술이 찾아낸

너의 입도 그렇게 붉게 물들었다.

하여, 갑자기 우리에게 타오른 저 불꽃,

그것은 질투하는 모습으로 날름거렸다⋯

숲은 고요했고, 그리고 날은 저물었다.

우리에겐 그러나 구세주가 소생하셨다

하여, 낮과 더불어 질투도 곤경도 저물었다.

달이 우리들의 언덕에 커다랗게 닿아왔고,

그리고 조용히 행복이 하이얀 보트로부터 피어올랐다.

XIV

Es leuchteten im Garten die Syringen,
von einem Ave war der Abend voll, —
da war es, daß wir voneinander gingen
in Gram und Groll.

Die Sonne war in heißen Fieberträumen
gestorben hinter grauen Hängen weit,
und jetzt verglomm auch hinter Blütenbäumen
dein weißes Kleid.

Ich sah den Schimmer nach und nach vergehen
und bangte bebend wie ein furchtsam Kind,
das lange in ein helles Licht gesehen:
Bin ich jetzt blind? —

XIV

정원에선 라일락이 빛을 발하고 있었고,
저녁은 어느 아베마리아로 충만했는데, ─
그때 우리는 따로 떨어져 걷고 있었다
상심과 원망 속에서.

해는 뜨거운 열기의 꿈들 속에서
잿빛 비탈들 뒤쪽 저 멀리 저물었고,
그리고 이제 꽃나무들 뒤에서
너의 하얀 옷도 서서히 빛을 잃어갔다.

나는 미광이 차츰 사라져가는 걸 보았다
하여, 겁먹은 아이처럼 떨면서 불안해했다,
그 아이는 오래 밝은 빛 속에서 보였다.
나는 지금 눈이 먼 것인가? ─

XV

Oft scheinst du mir ein Kind, ein kleines, —

dann fühl ich mich so ernst und alt, —

wenn nur ganz leis dein glockenreines

Gelächter in mir widerhallt.

Wenn dann in großem Kinderstaunen

dein Auge aufgeht, tief und heiß, —

möcht ich dich küssen und dir raunen

die schönsten Märchen, die ich weiß.

XV

가끔씩 넌 나에게 아이처럼 보인다, 한 자그만 아이, ─

그럴 때면 난 아주 진중한 듯 그리고 나이든 듯 나를 느낀다, ─

아주 조용히 너의 그 종소리처럼 맑은

웃음이 내 안에서 메아리치기만 하면.

그리고 아이처럼 놀라서

너의 그 깊고도 뜨거운 눈을 크게 뜰 때면, ─

난 너에게 키스하고 싶고 그리고 속삭이고 싶다

내가 아는 가장 아름다운 동화를.

XVI

Nach einem Glück ist meine Seele lüstern,
nach einem kurzen, dummen Wunderwahn…
Im Quellenquirlen und im Föhrenflüstern
da hör ichs nahn…

Und wenn von Hügeln, die sich purpurn säumen,
in bleiche Bläue schwimmt der Silberkahn, —
dann unter schattenschweren Blütenbäumen서
seh ich es nahn.

In weißem Kleid; so wie das Lieb, das tote,
am Sonntag mit mir ging durch Staub und Strauch,
am Herzen jene Blume nur, die rote,
trug es die auch?…

XVI

나의 영혼은 행복을 탐낸다,

짧고, 어리석은 기적의 미망을…

샘물의 소용돌이 속에서 그리고 소나무들의 속삭임 속에서

나는 그것이 다가오는 걸 듣는다…

그리고 보랏빛으로 꾸물대는 언덕으로부터

창백한 푸름 속으로 은빛 거룻배가 떠갈 때, ―

그때 그림자 짙은 꽃나무들 아래서

나는 그것이 다가오는 걸 본다.

하얀 옷을 입고, 일요일에 나와 함께

먼지와 덤불을 가로질러 걸었던,

가슴엔 빨간 저 꽃만을 달았던, 없어진 그 사랑처럼,

그 행복도 꽃을 달고 있었던가?

XVII

Wir gingen unter herbstlich bunten Buchen,
vom Abschiedsweh die Augen beide rot…
"Mein Liebling, komm, wir wollen Blumen suchen."
Ich sagte bang: "Die sind schon tot."

Mein Wort war lauter Weinen. — In den Äthern
stand kindisch lächelnd schon ein blasser Stern.
Der matte Tag ging sterbend zu den Vätern,
und eine Dohle schrie von fern.

XVII

가을 단풍든 너도밤나무 아래를 우리는 걷고 있었다
이별의 고통으로 하여 둘은 두 눈이 빨개져 있었다…
"자기야, 이리 와봐, 꽃이나 찾아보자."
"꽃은 벌써 다 시들었어…" 근심스럽게 나는 말했다.

나의 말은 거의 울음이었다. ― 하늘에는 벌써
아이처럼 웃으며 희미한 별 하나가 떠 있었다.
지친 하루해가 제집으로 저물어가고
그리고 먼 데서 까마귀가 까악까악 울고 있었다. ―

Maurice Utrillo, 〈교회 거리, 퓌토Rue de l'Église, Puteaux〉

Maurice Utrillo, 〈베스 광장Place des Abbesses〉

XVIII

Im Frühling oder im Traume
bin ich dir begegnet, einst,
und jetzt gehn wir zusamm durch den Herbsttag,
und du drückst mir die Hand und weinst.

Weinst du ob der jagenden Wolken?
Ob der blutroten Blätter? Kaum.
Ich fühl es: du warst einmal glücklich
im Frühling oder im Traum…

XVIII

어느 봄날엔가 혹은 꿈에선가

나는 너를 만났었다, 그 언젠가

그리고 지금 우리는 함께 이 가을날을 걷고 있다.

그리고 너는 내 손을 잡고서 흐느끼고 있다.

흘러가는 구름 때문에 우는가?

핏빛으로 붉은 나뭇잎 때문인가? 그럴 리야.

나는 느낀다, 네가 한 번은 행복하였다는 걸

어느 봄날엔가 혹은 꿈에선가…

XIX

Sie hatte keinerlei Geschichte,
ereignislos ging Jahr um Jahr —
auf einmal kams mit lauter Lichte…
die Liebe oder was das war.

Dann plötzlich sah sies bang zerrinnen,
da liegt ein Teich vor ihrem Haus…
So wie ein Traum scheints zu beginnen,
und wie ein Schicksal geht es aus.

XIX

그녀는 아무런 이야기가 없었다,

아무 일도 없이 해가 가고 또 해가 갔다 —

갑자기 아롱진 빛과 함께 그것이 왔다…

사랑이 혹은 그런 무엇이.

그러다 갑자기 그녀는 그게 불안스레 녹아버리는 것을 보았다,

그때 그녀의 집 앞에 연못이 하나 놓이고…

마치 꿈처럼 그것은 시작되는 듯하다가

그리고 운명처럼 그것은 나가버린다.

XX

Man merkte: der Herbst kam. Der Tag war schnell

erstorben im eigenen Blute.

Im Zwielicht nur glimmte die Blume noch grell

auf der Kleinen verbogenem Hute.

Mit ihrem zerschlissenen Handschuh strich

sie die Hand mir schmeichelnd und leise. —

Kein Mensch in der Gasse als sie und ich…

Und sie bangte: Du reisest? "Ich reise".

Da stand sie, das Köpfchen voll Abschiedsnot

in den Stoff meines Mantels vergrabend…

Vom Hütchen nickte die Rose rot,

und es lächelte müde der Abend.

XX

사람들은 알아차렸다, 가을이 왔다는 걸. 낮은 아주 빨리
제 핏속에서 시들었다.
어스름 속에서 꽃은 아직 환하게 희미한 빛을 내고 있었다,
어린 소녀의 비뚤어진 모자 위에서.

해진 장갑을 낀 채로 그녀는
손을 쓰다듬었다, 내게 나긋이 그리고 조용히. ─
골목엔 사람 하나 없었다, 그녀와 나 말고는…
그리고 그녀는 불안해했다. 자기, 떠나? "응 나 떠나".

그때 그녀는 서 있었다, 이별의 괴로움으로 가득 찬 그 자그
만 머리를 내 외투 품 안에 파묻은 채로…
모자에서는 장미가 빨갛게 까닥거렸다.
그리고 저녁이 고단하게 미소했다.

XXI

Manchmal da ist mir: Nach Gram und Müh

will mich das Schicksal noch segnen,

wenn mir in feiernder Sonntagsfrüh

lachende Mädchen begegnen…

Lachen hör ich sie gerne.

Lange dann liegt mir das Lachen im Ohr,

nie kann ichs, wähn ich, vergessen…

Wenn sich der Tag hinterm Hange verlor,

will ich mirs singen… Indessen

singens schon oben die Sterne…

XXI

그땐 이따금 그런 생각이 들었다. 원망과 수고가 다 지나고

운명이 아직은 날 축복할 거라고

축제의 일요일 아침

웃고 있는 소녀들을 만나게 되면…

그녀들이 웃는 소리를 난 즐겨 들었다.

그 후로 오래 나의 귓전엔 웃음소리가 남아,

고백하지만, 결코 그것을 잊을 수가 없다…

낮이 산비탈 뒤로 사라지고 나면,

난 그것을 노래하리라… 한데 어느새

저 위에서 별들이 벌써 그 노래를 부르고 있다…

XXII

Es ist lang, — es ist lang…

wann — weiß ich gar nimmer zu sagen…

eine Glocke klang, eine Lerche sang —

und ein Herz hat so selig geschlagen.

Der Himmel so blank überm Jungwaldhang,

der Flieder hat Blüten getragen, —

und im Sonntagskleide ein Mädchen, schlank,

das Auge voll staunender Fragen…

Es ist lang, — es ist lang…

XXII

오랜 옛날 일이다, — 오랜 옛날 일…

언제인지 — 난 도무지 말할 수가 없다…

종이 울렸고, 종달새가 노래했고 —

그리고 가슴이 너무나도 기쁘게 뛰고 있었다.

젊은 숲의 비탈 위에는 하늘이 반짝였고

라일락꽃이 피어 있었다, —

그리고 일요일 옷을 입은 한 소녀, 날씬한 소녀,

경탄의 물음들로 가득한 눈빛…

오랜 옛날 일이다, — 오랜 옛날 일…

Maurice Utrillo, 〈몽마르트 거리 Rue à Montmartre〉

강림절*Advent 1898*

Gaben — An verschiedene Freunde

Ich liebe vergessene Flurmadonnen,
die ratlos warten auf irgendwen,
und Mädchen, die an einsame Bronnen,
Blumen im Blondhaar, träumen gehn.

Und Kinder, die in die Sonne singen
und staunend groß zu den Sternen sehn,
und die Tage, wenn sie mir Lieder bringen,
und die Nächte, wenn sie in Blüten stehn.

선물 — 이런저런 친구들에게*

내가 사랑하는 건 잊혀진 들판의 마돈나,
하염없이 누군가를 기다리고 있는,
그리고 소녀들, 쓸쓸한 우물가를
금발머리에 꽃을 꽂고, 꿈꾸며 지나가는.

그리고 아이들, 태양 속으로 노랠 부르고
그리고 놀라며 큰 눈으로 별들을 바라보는,
그리고 낮들, 그들이 내게 노래를 가져다줄 때,
그리고 밤들, 그들이 만발한 꽃들 위에 펼쳐질 때.

* 연작의 일부

*

Warst du ein Kind in froher Schar,
dann kannst dus freilich nicht erfassen,
wie es mir kam, den Tag zu hassen
als ewig feindliche Gefahr.
Ich war so fremd und so verlassen,
daß ich nur tief in blütenblassen
Mainächten heimlich selig war.

Am Tag trug ich den engen Ring
der feigen Pflicht in frommer Weise.
Doch abends schlich ich aus dem Kreise,
mein kleines Fenster klirrte — kling —
sie wußtens nicht. Ein Schmetterling,
nahm meine Sehnsucht ihre Reise,
weil sie die weiten Sterne leise
nach ihrer Heimat fragen ging.

*

그대가 즐거운 무리와 어울린 아이였다면,

그러면 그댄 당연히 그걸 알 수 없으리,

어떻게 내가 낮을 미워하게 되었는지

영원히 적대적인 위험으로서.

나는 너무 낯설고 너무 외로워,

나는 오직 꽃들 하얗게 핀 오월의 깊은 밤에만

그때만 남몰래 행복했다네.

낮이면 나는 빡빡한 반지를 끼고 다녔네

비겁한 의무의 그 반지를 경건하게도.

하지만 저녁이면 나는 그 무리에서 살그머니 빠져나왔네,

나의 조그만 창이 덜컹거렸네 ─ 덜컹 ─

그들은 그걸 알지 못했지. 나비 한 마리,

나의 그리움은 여행을 시작했네,

왜냐면 그리움은 조용히 아득한 별들을

그것의 고향을 물으러 갔으니까.

*

Pfauenfeder:

in deiner Feinheit sondergleichen,

wie liebte ich dich schon als Kind.

Ich hielt dich für ein Liebeszeichen,

das sich an silberstillen Teichen

in kühler Nacht die Elfen reichen,

wenn alle Kinder schlafen sind.

Und weil Großmütterchen, das gute,

mir oft von Wünschegerten las,

so träumte ich, du Zartgemute,

in deinen feinen Fasern flute

die kluge Kraft der Rätselrute —

und suchte dich im Sommergras.

*

공작의 깃:

비할 데 없는 너의 그 우아함 속에서,

얼마나 난 너를 사랑했던가, 이미 아이 적부터.

난 너를 사랑의 한 징표로 생각했다.

은빛 고요한 연못가에서

아이들이 모두 잠들어 있는

선선한 밤에 요정들이 건네는.

그리고 그 착한 할머니께서

나에게 자주 소원의 나뭇가지 이야기를 읽어주셨기에,

나는 꿈꾸었다, 너 화사한 심성이여,

너의 우아한 깃털 한 올 한 올에

그 신기한 나뭇가지의 슬기로운 힘이 흐르리라고 ─

하여 여름 풀밭 속에서 너를 찾아보았었다.

*

Oft denk ich auf der Alltagsreise
der Nacht, und daß ein Traum mir frommt,
der mir mit Lippen, kühl und leise,
die schwüle Stirne küssen kommt.

Dann sehn ich mich, die Sterne glänzen
zu sehn. — Der Tag ist karg und klein,
die Nacht ist weit, hat Silbergrenzen
und könnte eine Sage sein.

*

종종 나는 밤을 생각한다네, 일상의 날들을 지나면서,

그리고 꿈이 나에게 도움된다고 생각한다네,

선선히 그윽이, 그 입술로,

땀 젖은 이마에 키스하러 오는 꿈이 말이네.

그러면 나는 동경한다네, 반짝이는 별들을 바라보는 걸.

— 낮은 메마르고 자그맣지만,

밤은 드넓고, 은빛 국경을 지니고 있어

하여 하나의 전설이 될 수 있다네.

Damit ich glücklich wäre —

das müßte sein von jenen blanken

Lenztagen einer, da die Kranken

man vor die dunklen Türen bringt.

Im Flieder ist ein Spatzenzanken,

weil keinem rechter Sang gelingt.

Der Bach, dem alle Bande sanken,

weiß nicht, was tun vor Glück, und springt

bis aufwärts zu den Bretterplanken,

dahinter Beete, kiesumringt,

und Blumenblühn und Birkenschwanken.

Und vor dem Häuschen, goldbezinkt,

um das der Frühling seine Ranken

wie liebeleise Arme schlingt —

ein blondes Kind, das in Gedanken

das schönste meiner Lieder singt

*

그것으로 나는 행복하리니 —

환자들을 어두운 문 밖으로 데려다 놓는

저 화창한 봄날의

어느 하루가 틀림없으리.

라일락 속에서는 어느 참새들의 다툼,

아무도 제대로 된 노래를 못한다는 둥.

모든 악단이 거기 가라앉은 실개천은

행복에 겨워 어쩔 바를 몰라서,

위쪽으로 널빤지들까지 뛰어오르고,

그 뒤에는 화단들, 자갈들로 빙 둘러져 있고,

그리고 꽃들이 피고 자작나무들이 흔들리고.

그리고 금빛으로 단장한 아담한 집 앞,

봄이 그 덩굴들을 빙 둘러서

사랑스런 팔처럼 휘감고 있는 그 집 앞에선 —

한 금발의 아이, 생각에 잠겨

나의 노래 중 가장 멋진 노래를 부르고 있다.

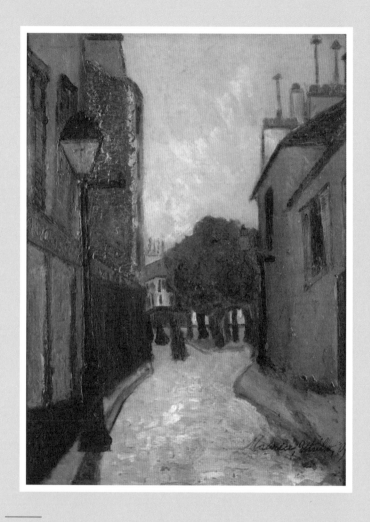

Maurice Utrillo, 〈노르망디 거리와 몽마르트 테르트 광장Rue Norvins et Place Tertre à Montmartre〉

Maurice Utrillo, 〈라 본 거리La rue de la Bonne〉

*

Die hohen Tannen atmen heiser

im Winterschnee, und bauschiger

schmiegt sich sein Glanz um alle Reiser.

Die weißen Wege werden leiser,

die trauten Stuben lauschiger.

Da singt die Uhr, die Kinder zittern:

Im grünen Ofen kracht ein Scheit

und stürzt in lichten Lohgewittern, —

und draußen wächst im Flockenflittern

der weiße Tag zur Ewigkeit.

*

키 높은 전나무들은 겨울 눈 속에서

허스키하게 숨을 쉬고, 그리고 좀 도톰하게

눈의 광채가 모든 잔가지들 둘레에 달라붙어 있다.

새하얀 길들은 더욱 고요해지고,

다정한 방들은 더욱 아늑해진다.

그때 시계는 노래하고, 아이들은 부르르 몸을 떤다:

초록색 난로에서는 장작이 타닥대다가

밝은 불꽃뇌우 속으로 툭 떨어진다, ―

그리고 바깥에서는 눈송이의 반짝임 속에서

하이얀 낮이 영원을 향해 자라난다.

*

Der Abend kommt von weit gegangen

durch den verschneiten, leisen Tann.

Dann preßt er seine Winterwangen

an alle Fenster lauschend an.

Und stille wird ein jedes Haus;.

die Alten in den Sesseln sinnen,

die Mütter sind wie Königinnen,

die Kinder wollen nicht beginnen

mit ihrem Spiel. Die Mägde spinnen

nicht mehr. Der Abend horcht nach innen,

und innen horchen sie hinaus.

*

저녁이 먼 데서부터 걸어온다

눈 내린 고요한 전나무들을 지나서 온다.

그러고는 제 겨울 뺨을

모든 유리창에다 대고서 엿듣는다.

그리고 집들은 저마다 고요해진다;

노인들은 안락의자에서 생각에 잠기고,

어머니들은 마치 여왕님 같고,

아이들은 자기네 놀이를 시작할 생각이 없다.

하녀들은 더 이상 실을 잣지 않는다.

밖에선 저녁이 안을 엿듣고 있고,

안에선 사람들이 바깥을 엿듣고 있다.

*

Lehnen im Abendgarten beide,
lauschen lange nach irgendwo.
"Du hast Hände wie weiße Seide…"
Und da staunt sie: "Du sagst das so…"

Etwas ist in den Garten getreten,
und das Gitter hat nicht geknarrt,
und die Rosen in allen Beeten
beben vor seiner Gegenwart.

*

저녁정원에서 두 사람이 서로 기댄 채,

오래 어딘가를 향해 귀를 기울이다가.

"넌 손이 꼭 새하얀 비단결 같아…"

그러자 그녀 놀라면서: "어머, 어쩌면 그런 말을…"

무언가가 정원으로 들어왔다,

울타리는 삐걱 소리를 내지 않았지만,

장미들은 모든 화단에서

그것의 존재를 느끼며 몸을 떤다.

*

Einmal möcht ich dich wiederschauen,
Park, mit den alten Lindenalleen,
und mit der leisesten aller Frauen
zu dem heiligen Weiher gehn.

Schimmernde Schwäne in prahlenden Posen
gleiten leise auf glänzendem Glatt,
aus der Tiefe tauchen die Rosen
wie Sagen einer versunkenen Stadt.

Und wir sind ganz allein im Garten,
drin die Blumen wie Kinder stehn,
und wir lächeln und lauschen und warten,
und wir fragen uns nicht, auf wen…

*

나는 언젠가 너를 다시 보고 싶다,
오래된 보리수 가로수길이 있는 공원이여,
그리고 모든 여인들 중 가장 조용한 여인과 함께
신성한 호수가 있는 쪽으로 걷고 싶다.

은빛 내비치는 백조들은 뽐내는 자태로
반짝이는 수면 위를 조용히 미끄러져 가고,
깊은 물밑으로부터는 장미들이 떠오른다
마치 물에 잠긴 어느 도시의 전설처럼.

그리고 우리는 아주 외로이 정원 속에 있다,
거기엔 꽃들이 아이들처럼 서 있고,
그리고 우리는 미소하고 귀기울이고 기다린다,
그리고 우리는 서로 묻지 않는다, 누구를 기다리는지…

*

Der Tag entschlummert leise, —
ich walle menschenfern…
Wach sind im weiten Kreise
ich — und ein bleicher Stern.

Sein Auge lichtdurchwoben
ruht flimmernd hell auf mir,
er scheint am Himmel droben
so einsam, wie ich hier…

*

낮은 조용히 잠이 들고, ―

나는 사람들 멀리 방랑한다…

드넓은 세상에서 깨어 있는 건

나 ― 그리고 창백한 저 별 하나.

빛으로 짜인 저 별의 눈이

내 위에서 가물거리며 쉬고 있다,

별은 하늘 저 위에서 쓸쓸해 보인다

꼭 여기 있는 이 나처럼…

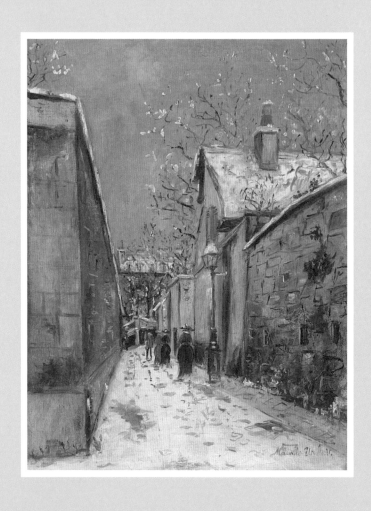

Maurice Utrillo, 〈몽마르트의 세인트−빈센트 거리Rue Saint−Vincent à Montmartre〉

Maurice Utrillo, 〈오베르쉬르 우아즈 교회 앞 거리Rue Saint–Vincent à Montmartre〉

Funde

Wenn wie ein leises Flügelbreiten
sich in den späten Lüften wiegt, —
ich möchte immer weiter schreiten
bis in das Tal, wo tiefgeschmiegt
an abendrote Einsamkeiten
die Sehnsucht wie ein Garten liegt.

Vielleicht darf ich dich dorten finden,
und zage wird dein erstes Mühn
die wehen Wünsche mir verbinden,
du wirst mich führen tief ins Grün —
und heimlich werden weiße Winden
an meinem staubigen Stabe blühn.

발견[*]

조용히 날개를 펼친 것처럼
저녁 바람 속으로 몸이 일렁일 때, —
나는 하염없이 걷고 싶다
계곡 속으로까지. 거기엔 포근히
저녁놀의 고독에
그리움이 마치 정원처럼 놓여 있다.

아마도 거기서 난 너를 찾아도 좋으리,
그러면 조심스럽게 너의 첫 수고는
고통스런 소망들을 나에게 묶으리.
너는 나를 초원 속으로 깊숙이 이끌어가리 —
그러면 남모르게 하이얀 메꽃들이
나의 먼지투성이 지팡이에서 꽃을 피우리.

[*] 연작의 일부

*

Ich möchte draußen dir begegnen,

wenn Mai auf Wunder Wunder häuft,

und wenn ein leises Seelensegnen

von allen Zweigen niederträuft.

Wenn bis zum Wegkreuz auf, zum schlanken,

Jasmin die weißen Arme streckt

und lind den ewgen Wehgedanken

der Stirne Christi überdeckt.

*

나는 바깥에서 너를 만나고 싶다,
오월이 기적 위에다 기적을 쌓을 때면,
그리고 그윽한 영혼의 축복이
모든 나뭇가지들로부터 뚝뚝 들을 때면.

길가의 가느다란 십자가로까지,
자스민이 그 하얀 팔을 뻗어서
그리스도의 이마에 스민 저 영원한
고통의 생각을 부드럽게 덮어줄 때면.

*

Weißt du, ich will mich schleichen

leise aus lautem Kreis,

wenn ich erst die bleichen

Sterne über den Eichen

blühen weiß.

Wege will ich erkiesen,

die selten wer betritt

in blassen Abendwiesen —

und keinen Traum, als diesen:

Du gehst mit.

*

너는 알겠지, 내가 몰래 빠져나가려 하는 걸
살며시 시끄러운 무리들로부터.
참나무 위로 처음
창백한 별들이 꽃피는 것을
내가 알게 될 때면.

창백한 저녁 들판
사람의 발걸음 드문 그런
그런 길들을 나는 택하리 ―
그리고 꿈도, 오로지 너와 함께 걷는 그런
그런 꿈만을 나는 택하리.

*

Bei dir ist es traut:

Zage Uhren schlagen

wie aus weiten Tagen.

Komm mir ein Liebes sagen:

aber nur nicht laut.

Ein Tor geht irgendwo

draußen im Blütentreiben.

Der Abend horcht an den Scheiben.

Laß uns leise bleiben:

Keiner weiß uns so.

*

네 곁에서는 마음이 편하다:

소심한 시계들은

마치 아득한 날들로부터인 듯 시각을 친다.

나에게로 와 사랑의 말을 들려주렴:

하지만 그리 크지 않은 소리로만.

어느 바보가 바깥 어디선가

꽃잎 흩날리는 속을 걷는다.

저녁은 유리창에서 엿듣는다.

우리는 그저 조용히 머물자:

아무도 우리가 그런 걸 알지 못한다.

*

Die Nacht holt heimlich durch des Vorhangs Falten
aus deinem Haar vergeßnen Sonnenschein.
Schau, ich will nichts, als deine Hände halten
und still und gut und voller Frieden sein.

Da wächst die Seele mir, bis sie in Scherben
den Alltag sprengt; sie wird so wunderweit:
An ihren morgenroten Molen sterben
die ersten Wellen der Unendlichkeit.

*

밤이 몰래 커튼의 주름을 통해 들어와

너의 머리카락에서 잊어버린 햇살을 가져간다.

봐봐, 내가 바라는 건 아무것도 없어, 너의 손을 잡는 것과

조용하게 착하게 가득한 평화 속에 지내는 것, 그것 말고는.

거기서 내겐 영혼이 자꾸 자라난다, 조각조각

일상을 왕창 부셔버릴 때까지; 그토록 어마하게 넓어진다:

아침놀 불그레한 영혼의 제방에

무한의 첫 물결이 부딪혀 소멸한다.

Maurice, Utrillo, V,

Maurice Utrillo,
〈물랑 드 라 갈레트
Le Moulin de la
Galettel〉

*

Will dir den Frühling zeigen,
der hundert Wunder hat.
Der Frühling ist waldeigen
und kommt nicht in die Stadt.

Nur die weit aus den kalten
Gassen zu zweien gehn
und sich bei den Händen halten —
dürfen ihn einmal sehn.

*

수백 가지 기적을 지닌

봄을 너에게 보여주련다.

봄은 숲에서만 사는 것

하여 도시에는 오지 않는다.

오직 차가운 골목에서 멀리 벗어나

둘이서 걷는 사람들만이

손잡고 걷는 사람들만이 —

그들만이 언젠가 봄을 볼 수 있으리.

*

Mir ist: ich muß dir den Brautnachtstrauß
weit aus dem Abend bringen.
Ich geh in die goldene Stunde hinaus,
und die Fenster leuchten am letzten Haus,
drin spielende Kinder singen.

Und ich geh an dem einsamen Haus vorbei,
drin singende Kinder wohnen,
und mein Wandern wächst und wächst in den Mai
und kann nicht zurück, — und die Blüten, verzeih,
die wind ich mir alle zu Kronen.

*

나는 너에게 첫날밤의 꽃다발을

멀리 저녁으로부터 가져다줘야 할 것 같다.

나는 금빛 시간들 속으로 걸어 나간다.

그리고 마지막 집 창들엔 불빛이 밝은데,

그 안에선 놀고 있는 아이들이 노래를 한다.

그리고 나는 노래하는 아이들이 살고 있는

그 쓸쓸한 집을 지나쳐 간다,

그리고 나의 방랑은 오월 속으로 자라고 또 자라나

그래서 되돌아올 수가 없다 ― 그러니 용서해주렴,

꽃들을 내가, 모조리 다 화관으로 엮어줄 테니.

*

Bist du so müd? Ich will dich leise leiten
aus diesem Lärm, der längst auch mich verdroß.
Wir werden wund im Zwange dieser Zeiten.
Schau, hinterm Wald, in dem wir schauernd schreiten,
harrt schon der Abend wie ein helles Schloß.

Komm du mit mir. Es soll kein Morgen wissen,
und deiner Schönheit lauscht kein Licht im Haus…
Dein Duft geht wie ein Frühling durch die Kissen:
Der Tag hat alle Träume mir zerrissen, —
du, winde wieder einen Kranz daraus

*

많이 지쳐 있니? 내가 널 살며시 빼내줄게

오랫동안 나 또한 짜증스러웠던 이 소음으로부터.

우리는 이 시대의 강요 속에서 상처받게 될 거야.

저기 봐봐, 우리가 오들오들 떨면서 걷고 있는 저 숲 뒤에는,

벌써 저녁이 환한 성처럼 기다리고 있잖아.

나와 함께 가자. 어떤 아침도 눈치 채지 못해,

그리고 집 안의 어떤 빛도 너의 아름다움을 엿보지 못해…

너의 향기는 봄처럼 베개를 지나쳐갈 거야:

낮은 모든 꿈들을 내게서 갈기갈기 찢어버렸는데, ―

너, 그것들을 모아 다시 하나의 화환으로 엮어주렴.

*

Purpurrote Rosen binden
möcht ich mir für meinen Tisch
und, verloren unter Linden,
irgendwo ein Mädchen finden,
klug und blond und träumerisch.

Möchte seine Hände fassen,
möchte knieen vor dem Kind
und den Mund, den sehnsuchtblassen,
mir von Lippen küssen lassen,
die der Frühling selber sind. .

*

자홍색 장미들을 한데 묶어서

나의 책상을 꾸며주고 싶다

그리고, 보리수 아래서 넋을 놓고,

어딘가 있을 소녀를 찾고 싶다.

똑똑하고 꿈 많은 금발의 소녀를.

그녀의 두 손을 꼭 잡고서,

그 앞에 무릎을 꿇고 싶다.

그리고 그리움으로 창백한 나의 입에다

입술로 키스해 달라 하고 싶다,

봄 자체인 그 입술로.

*

Ein Händeineinanderlegen,
ein langer Kuß auf kühlen Mund,
und dann: auf schimmerweißen Wegen
durchwandern wir den Wiesengrund.

Durch leisen, weißen Blütenregen
schickt uns der Tag den ersten Kuß, —
mir ist: wir wandeln Gott entgegen,
der durchs Gebreite kommen muß.

*

손을 한번 맞잡고,

입을 한번 맞추고, 시원한 입에다 길게,

그런 다음에: 은은하게 흰 길을 따라서

우리는 들판을 돌아다닌다.

차분히 내리는 하얀 꽃비로

낮은 우리에게 첫 키스를 보내고, —

나에겐 마치, 들판을 가로질러 올 것만 같은

신을 향해서 우리가 걷는 것 같다.

Maurice Utrillo, 〈세인트−유페미Sainte−euphémie〉

너는 묻는다, 왜 영혼은 침묵하는지,
왜 영혼은 그것을 밤의 밖으로 쏟아내지 못하는지? ─
영혼은 안다, 고통을 쏟아내면,
모든 별들이 다 꺼져버릴 거라는 걸.

Maurice Utrillo, 〈라팽 아질Le Lapin Agile〉

*

Und du warst schön. In deinem Auge schien

sich Nacht und Sonne sieghaft zu versöhnen.

Und Hoheit hüllte wie ein Hermelin

dich ein: So kam dich meine Liebe krönen.

Und meine nächteblasse Sehnsucht stand,

weißbindig wie der Vesta Priesterin,

an deines Seelentempels Säulenrand

und streute lächelnd weiße Blüten hin.

*

그리고 넌 아름다웠다. 너의 눈빛 속에서는

밤과 해가 서로 승리의 화해를 하는 것 같아보였다.

그리고 고귀함이 흰 담비처럼 너를 감쌌다:

하여 나의 사랑이 너에게 다가가 왕관을 씌웠다.

그리고 밤마다 창백한 나의 그리움이

여신의 사제처럼 흰 옷을 두르고

네 영혼의 사원 기둥 가에 서서는

미소하면서 하이얀 꽃들을 뿌려주었다.

*

Ja, früher, wenn ich an dich dachte,
wie Wunder wars: ein Mai erwachte
um dich im Aureolenglanz,
und meine Sehnsucht träumte sachte
um deine Stirne einen Kranz.

Jetzt seh ich dich: du senkst dein Weinen
ins Herz den herbstverhangnen Hainen,
und dir zu Seiten, wegentlang,
schleicht an den bleichen Meilensteinen
ein wunder Sonnenuntergang.

*

그래, 지난날, 내가 너를 생각할 때면,

그 무슨 기적인지: 오월이 잠을 깨고

네 주위엔 후광이 반짝였고,

그리고 나의 그리움은 살짝이

네 이마에 둘러줄 화관을 꿈꾸었지.

그런데 지금 난 보고 있다.

가을로 뒤덮힌 숲의 가슴속으로 눈물을 떨구고 있는 너를.

그리고 길을 따라서 너의 양 옆으로,

창백한 경계석 언저리에는

상처받은 일몰이 살그머니 걷고 있다.

Kannst du die alten Lieder noch spielen?

Spiele, Liebling. Sie wehn durch mein Weh

wie die Schiffe mit silbernen Kielen,

die nach heimlichen Inselzielen

treiben im leisen Abendsee.

Und sie landen am Blütengestade,

und der Frühling ist dort so jung.

Und da findet an einsamem Pfade

vergessene Götter in wartender Gnade

meine müde Erinnerung.

*

너, 옛날의 그 노래들을 아직도 불러줄 수 있니?

불러주렴, 내 사랑. 그 노래들은 나의 고통을 가로질러 불어오니까

고요한 저녁 호수에서

은밀한 섬을 향해 미끄러져 가는

은빛 용골의 그 배들처럼.

그러면 그 노래들은 꽃피는 호안에 닿고,

그러면 봄은 거기서 한창을 구가한다.

그러면 그때 나의 고단한 기억은

쓸쓸한 오솔길 가에서 찾아낸다,

기다리는 은총 속에서 잊어버린 신들을.

*

Wo sind die Lilien aus dem hohen Glas,
die deine Hand zu pflegen nie vergaß?
  Schon tot?
Wo ist die Freude deiner Wangen hin,
die wie ein ganzer Lenz zu prangen schien —
  Verloht?
Und wo ist unser Glück so groß und rein,
das hell dein Haar wie ein Madonnenschein
  Umspann?
Auch das ist tot. Heut weinen wir ihm nach,
und morgen kommt der Frost uns ins Gemach —
  Und dann?

*

너의 손이 돌보는 걸 절대 잊지 않았던

길다란 유리병의 그 백합들은 어디 있니?

　벌써 시들었니?

오롯한 봄처럼 화려해 보였던

네 뺨의 그 기쁨은 어디로 갔니?

　다 타버렸니?

그리고 그토록 크고 순수했던 우리 행복은,

환하게 너의 머리카락을 성모의 빛처럼 휘감았던 그 행복은

　어디 있니?

그것도 다 죽었네. 오늘 우리는 그것을 위해 슬피 우네,

그리고 내일은 혹한이 우리의 방 안으로 찾아오겠지 —

　그리고 그 다음은?

사랑이 어떻게 너에게로 왔는가?
햇빛처럼, 꽃보라처럼 왔는가.
혹은 기도처럼 왔는가?

Maurice Utrillo, 〈몽마르트의 세인트 피에르 교회와 사크레 쾨르
Eglise saint Pierre de Montmartre et le Sacré Coeur〉

Mütter

Ich sehne oft nach einer Mutter mich,
nach einer stillen Frau mit weißen Scheiteln.
In ihrer Liebe blühte erst mein Ich;
sie könnte jenen wilden Haß vereiteln,
der eisig sich in meine Seele schlich.

Dann säßen wir wohl beieinander dicht,
ein Feuer surrte leise im Kamine.
Ich lauschte, was die liebe Lippe spricht,
und Friede schwebte ob der Teeterrine
so wie ein Falter um das Lampenlicht.

어머니들

나는 자주 어머니가 그립습니다.
하얀 가르마를 탄 한 조용한 부인이.
그 사랑 속에서 비로소 나의 자아는 꽃피었습니다;
어머니는 내 영혼 속에 얼음처럼 파고든
저 거친 미움도 누그러뜨릴 수 있었지요.

그때 우린 서로 곁에 딱 붙어 앉았고
벽난로에선 불꽃이 조용히 이글거렸지요.
나는 사랑 가득한 입술이 하는 말에 귀 기울였고,
등잔불 주위에 나풀대는 한 마리 나방처럼
찻잔 위로는 그윽이 평화가 감돌았지요.

*

Mir ist oft, daß ich fragen müßt:
Du, Mutter, was hast du gesungen,
eh deinem blassen, blonden Jungen
der Schlaf die Wangen warm geküßt?

Hattest du damals sehr viel Gram?
Und weißt du, wie du aufgesprungen,
wenn deinem blassen, blonden Jungen
im tiefen Traum ein Weinen kam?

*

난 자주 물어보곤 했지요:

어머니, 어머닌 무슨 노래를 부르셨어요?

당신의 뽀얀 금발의 아이 뺨에다

잠이 따뜻하게 키스하기 이전에요.

그때 어머닌 속상한 게 많으셨겠죠?

그리고 기억나세요? 당신의 뽀얀 금발의 아이가

깊은 꿈을 꾸다가 울음을 터트렸을 때

당신이 어떻게 벌떡 일어나셨는지.

*

Ich gehe unter roten Zweigen

und suche einen späten Strauß.

Weiß nicht vor Glück wo ein und aus,

mir ist so neu, mir ist so eigen:

Mein Lieb ist müd und ist zu Haus.

Jetzt ist mein Mädel erst recht eitel,

seit sich sein Mieder weiter zieht,

und seit ein Wunder ihm geschieht:

Bald hat es breite braune Scheitel

und sitzt und singt ein Wiegenlied.

*

나는 붉은 나뭇가지 아래를 걸어가면서

때늦은 꽃다발을 하나 찾아봅니다.

행복에 겨워 어디가 어딘지를 모르겠습니다.

내겐 아주 새롭고, 아주 특이합니다:

나의 사랑은 고단하지만 편안합니다.

이제 나의 처녀는 비로소 제대로 뿌듯합니다.

자기의 코르셋이 넓게 늘어나고,

한 기적이 자기에게 일어나고부터요:

이제 곧 그녀는 넓은 갈색 가르마를 하고

조용히 앉아서 자장가를 부르겠지요.

*

Leise weht ein erstes Blühn

von den Lindenbäumen,

und, in meinen Träumen kühn,

seh ich dich im Laubengrün

hold im ersten Muttermühn

Kinderhemdchen säumen.

Singst ein kleines Lied dabei,

und dein Lied klingt in den Mai:

   Blühe, blühe, Blütenbaum,

   tief im trauten Garten.

   Blühe, blühe, Blütenbaum,

   meiner Sehnsucht schönsten Traum

   will ich hier erwarten.

   Blühe, blühe Blütenbaum,

   Sommer wird dirs zahlen.

   Blühe, blühe, Blütenbaum.

   Schau, ich säume einen Saum

   hier mit Sonnenstrahlen.

   Blühe, blühe, Blütenbaum,

*

살며시 첫 꽃이 날려옵니다

보리수나무들로부터.

그리고, 나의 꿈들 속에서 당당히,

정자의 푸르름 속에 있는 당신을 봅니다

사랑 가득한 첫 어머니의 수고로

아이의 저고리에 바느질을 하는.

그러면서 작은 노래를 한 곡 부르십니다.

그 노래는 오월 속으로 울려퍼집니다.

   피어라, 피어라, 꽃나무야,

   안온한 정원 깊숙한 데서

   피어라, 피어라, 꽃나무야,

   내 동경의 가장 아름다운 꿈을

   나는 여기서 기다리련다.

   피어라, 피어라, 꽃나무야,

   여름이 너에게 보상해줄 거야.

   피어라, 피어라, 꽃나무야,

   보렴, 나는 옷단에 술을 달고 있단다,

   여기서 햇살과 함께하면서.

   피어라, 피어라, 꽃나무야,

balde kommt das Reifen.

Blühe, blühe, Blütenbaum.

Meiner Sehnsucht schönsten Traum

lehr mich ihn begreifen.

Singst ein kleines Lied dabei,

und dein Lied ist lauter Mai.

Und der Blütenbaum wird blühn,

blühn vor allen Bäumen,

sonnig wird dein Saum erglühn,

und verklärt im Laubengrün

wird dein junges Muttermühn

Kinderhemdchen säumen.

이제 곧 성숙이 다가올 거야.

피어라, 피어라, 꽃나무야,

내 동경의 가장 아름다운 꿈을

그 꿈을 붙잡는 법을 가르쳐주렴.

당신은 작은 노래를 한 곡 부르십니다,

그 노래는 현란한 오월입니다.

그럼 꽃나무엔 꽃이 필 거야,

모든 나무들에서 피어날 거야,

햇빛으로 너의 옷단은 반짝일 거고,

그리고 정자의 녹음 속에서 모습이 바뀌어

너의 젊은 어미의 수고가

아이의 저고리에 바느질을 하겠지.

Maurice Utrillo, 〈눈 덮힌 교회Église sous la neige〉

그리고 지금 우리는 함께 이 가을날을 걷고 있다.
그리고 너는 내 손을 잡고서 흐느끼고 있다.
흘러가는 구름 때문에 우는가?
핏빛으로 붉은 나뭇잎 때문인가? 그럴 리야.
나는 느낀다, 네가 한 번은 행복하였다는 걸
어느 봄날엔가 혹은 꿈에선가…

———

Maurice Utrillo, 〈물랭 드 라 갈레트Moulin de la Galette〉

*

Und reden sie dir jetzt von Schande,
da Schmerz und Sorge dich durchirrt, —
o, lächle, Weib! Du stehst am Rande
des Wunders, das dich weihen wird.

Fühlst du in dir das scheue Schwellen,
und Leib und Seele wird dir weit —
o, bete, Weib! Das sind die Wellen
der Ewigkeit.

*

그리고 그들은 당신께 지금 부끄러움에 대해 말합니다,
괴로움과 걱정이 당신을 휘젓는 지금, ─
오, 웃으세요, 어머니! 당신은 기적의 언저리에 서 계십니다,
당신을 성스럽게 할 그 기적의.

당신 안에서 수줍은 부풀어짐을 느끼시나요,
그러면 몸과 마음이 당신에게서 넓어질 겁니다.
오, 기도하세요, 어머니! 그것은
영원의 물결이랍니다.

*

Der blonde Knabe singt:

Was weinst du, Mutter? Ist das Spind
auch bettelleer, — sei gut!
Ich bin dein blondes Kronenkind,
und du hast Edelblut.

Ich schaute ja, du weißt es nicht, —
wie du so oft noch spät
beim morgenmatten Lampenlicht
dein Königskleid genäht.

So bist du eine Königin,
und sei nicht bang und zag —
und bis ich erst krafteigen bin,
kommt unser Königstag.

*

금발의 소년이 노래합니다:

무엇 때문에 우세요, 어머니? 장롱도 이제
텅 비어버렸나요, 마음 편히 가지세요!
내가 당신의 금발 세자니까요
그리고 당신의 피는 고결하니까요.

그래요, 난 보았었죠, 당신은 모르시겠지만요, ─
어떻게 당신이 그리도 자주 밤을 지새워
지친 아침의 등잔불빛 가에서
당신의 왕의 옷을 깁고 계신 것을요.

그렇게 당신은 왕후이십니다,
그러니 걱정도 마시고 겁내지도 마세요 ─
그리고 언젠가 내가 자력을 갖게 될 때,
그때 우리의 왕국이 도래할 겁니다.

*

Die Mutter:

"Liebling, hast du gerufen?"
Es war ein Wort im Wind.
"Wie viele steile Stufen
sind noch bis zu dir, mein Kind?" —
Da fand ihre Stimme die Sterne,
fand aber die Tochter nicht.

Im Tale in tiefer Taverne
löschte ein letztes Licht.

*

어머니:

"애야, 네가 불렀니?"

바람결에 그 한 마디 말이 들렸습니다.

"애야, 얼마나 많은 가파른 계단이 아직 남아 있니?

너한테까지 가려면." —

그때 어머니의 목소리는 별들을 찾았습니다,

그러나 찾은 게 딸은 아니었습니다.

계곡 속 깊은 여숙에서

마지막 불이 꺼졌습니다.

*

Manchmal fühlt sie: Das Leben ist groß,
wilder, wie Ströme, die schäumen,
wilder, wie Sturm in den Bäumen.
Und leise läßt sie die Stunden los
und schenkt ihre Seele den Träumen.

Dann erwacht sie. Da steht ein Stern
still überm leisen Gelände,
und ihr Haus hat ganz weiße Wände —
Da weiß sie: Das Leben ist fremd und fern —
und faltet die alternden Hände.

*

이따금 어머니는 느끼십니다: 삶은 위대하다고,

거품 이는 강줄기보다 더 거칠고,

나무들 속에 들이치는 폭풍보다 더 사납다고.

그리고 조용히 어머니는 시간이 흐르도록 내버려두고

그리고 어머니의 영혼을 꿈들에게 건네줍니다.

그러다 깨어나면, 거기 별 하나가

조용한 땅 위에 가만히 떠 있습니다,

그리고 어머니의 집은 온통 새하얀 벽들입니다 —

그때 어머니는 깨닫습니다: 삶이란 낯설고 아득하다고 —

그리고 늙어가는 두 손을 포개십니다.

Sacré Cœur de Montmartre et Square

Maurice Utrillo, 〈눈 덮인 성 피에르 광장과 사크레 쾨르
Square Saint-Pierre et Sacré Coeur sous la neige〉

Maurice Utrillo, V.
1934,

Rainer Maria Rilke

2. 초기 시집

Die frühen Gedichte 1909

나에게 축제로*Mir zur Feier 1899*

Das ist die Sehnsucht

Das ist die Sehnsucht: Wohnen im Gewoge

und keine Heimat haben in der Zeit.

Und das sind Wünsche: Leise Dialoge

täglicher Stunden mit der Ewigkeit.

Und das ist Leben. Bis aus einem Gestern

die Einsamste von allen Stunden steigt,

die, anders lächelnd als die andern Schwestern,

dem Ewigen entgegenschweigt.

이건, 동경

이건, 동경: 줄곧 넘실거림 속에서 사는 것
그리고 시간 속에 어떤 고향도 갖지 않는 것.
이건, 소망: 나날의 시간들이
영원과 더불어 나직이 대화하는 것.

이건, 삶. 어느 어제로부터
모든 시간들 중 가장 고독한 시간이 떠오를 때까지,
다른 시간들과는 달리 미소하면서
영원을 맞아 침묵하는 그런 시간이.

*

Du mußt das Leben nicht verstehen,
dann wird es werden wie ein Fest.
Und laß dir jeden Tag geschehen
so wie ein Kind im Weitergehen
von jedem Wehen
sich viele Blüten schenken läßt.

Sie aufzusammeln und zu sparen,
das kommt dem Kind nicht in den Sinn.
Es löst sie leise aus den Haaren,
drin sie so gern gefangen waren,
und hält den lieben jungen Jahren
nach neuen seine Hände hin.

*

너, 인생이란 걸 꼭 이해할 필요는 없다,

그러면 그건 마치 축제처럼 되리라.

하니, 매일매일 네게 일어나게 두어라

걸어가는 한 아이가

바람이 불 적마다 날리어오는

수많은 꽃잎들을 선물로 받아들이듯이.

꽃잎들을 모으고 아끼는 일 따위,

그런 건 아이에게 아무런 의미가 없다.

머리카락 속에 기꺼이 날아든 그 꽃잎들을

아이는 아무렇지도 않게 떼어낸다.

그리고 사랑스런 젊은 시절을 향해

새로운 꽃잎을 달라고 그의 두 손을 내민다.

Lauschende Wolke über dem Wald

Lauschende Wolke über dem Wald.

Wie wir sie lieben lernten,

seit wir wissen, wie wunderbald

sie als weckender Regen prallt

an die träumenden Ernten.

숲 위에서 귀 기울이는

숲 위에서 귀 기울이는 구름들.

그것들을 사랑하는 법을 어떻게 우리는 배웠던가,

얼마나 재빨리 그것들이

꿈꾸는 곡식들을 잠깨우는 비가 되어

후드득 내리쏟아지는지를 우리가 알고서부터.

*

Das sind die Gärten, an die ich glaube:
Wenn das Blühn in den Beeten bleicht,
und im Kies unterm löschenden Laube
Schweigen hinrinnt, durch Linden geseigt.

Auf dem Teich aus den glänzenden Ringen
schwimmt ein Schwan dann von Rand zu Rand.
Und er wird auf den schimmernden Schwingen
als erster Milde des Mondes bringen
an den nicht mehr deutlichen Strand.

*

내가 믿는 건 정원들이다:

화단의 꽃들이 창백해질 때,

불 꺼지는 정자 아래 자갈밭에

보리수 사이로 걸러진 침묵이 흘러나간다.

둘레가 반짝이고 있는 연못 위에는

백조 한 마리가 물가에서 물가로 헤엄치고 있다.

그리고 백조는 은빛 반짝이는 날개 위에다

부드러운 첫 달빛을 싣고 가리라

이미 희미해진 물가로다가.

*

Manchmal geschieht es in tiefer Nacht,
daß der Wind wie ein Kind erwacht,
und er kommt die Allee allein
leise, leise ins Dorf herein.

Und er tastet bis an den Teich,
und dann horcht er herum:
Und die Häuser sind alle bleich,
und die Eichen sind stumm…

*

이따금 이런 일이 일어난다, 깊은 밤중에,

바람이 아이처럼 깨어나

가로수길을 따라 혼자서

살며시, 살며시 마을로 불어온다.

그리고 바람은 어루만지며 연못에까지 이르고

그리고 가만히 주변을 엿듣는다:

집들은 모두 창백한 빛이고,

참나무들은 아무런 말이 없다…

이따금 어머니는 느끼십니다: 삶은 위대하다고,
거품 이는 강줄기보다 더 거칠고,
나무들 속에 들이치는 폭풍보다 더 사납다고.
그리고 조용히 어머니는 시간이 흐르도록 내버려두고
그리고 어머니의 영혼을 꿈들에게 건네줍니다.

Maurice Utrillo, 〈도시의 공장들L'usine dans la ville〉

Maurice Utrillo, 〈정자le kiosque〉

Unsere Träume sind

Unsere Träume sind Marmorhermen,
die wir in unsere Tempel stellen,
und sie mit unseren Kränzen erhellen
und sie mit unseren Wünschen erwärmen.

Unsere Worte sind goldene Büsten,
die wir in unsere Tage tragen, —
die lebendigen Götter ragen
in der Kühle anderer Küsten.

Wir sind immer in einem Ermatten,
ob wir rüstig sind oder ruhn,
aber wir haben strahlende Schatten,
welche die ewigen Gesten tun.

우리의 꿈은

우리의 꿈은 대리석 신상,
그것을 우리는 우리의 사원에다 세우고,
그것을 우리의 화환으로 환히 밝히고
그것을 우리의 소망들로 따뜻하게 덥힌다.

우리의 말은 황금빛 흉상,
그것을 우리는 우리의 나날 속에 나르고, ―
살아 있는 신들은 우뚝 솟는다
다른 해안의 서늘함 속에서.

우리는 언제나 기진해 있다,
우리가 활발하거나 혹은 휴식하거나 간에,
그러나 우리에겐 찬연히 빛나는 그림자가 있어,
영원의 몸짓을 하고 있다.

*

Es ist noch Tag auf der Terrasse.
Da fühle ich ein neues Freuen:
wenn ich jetzt in den Abend fasse,
ich könnte Gold in jede Gasse
aus meiner Stille niederstreuen.

Ich bin jetzt von der Welt so weit.
Mit ihrem späten Glanz verbräme
ich meine ernste Einsamkeit.

Mir ist, als ob mir irgendwer
jetzt leise meinen Namen nähme,
so zärtlich, daß ich mich nicht schäme
und weiß: ich brauche keinen mehr.

*

테라스 위에는 아직도 낮이다.

거기서 나는 새로운 기쁨들을 느낀다.

내가 지금 만일 저녁을 거머쥔다면,

나는 모든 골목 골목에 황금빛을

내 정적의 바구니로부터 뿌릴 수 있을 텐데.

나는 지금 세상으로부터 멀리 떨어져 있다.

세상의 어스름한 광휘로 나는

나의 진지한 고독을 장식하고 있다.

나에겐 마치, 누군가가 내게서

지금 슬그머니 내 이름을 벗겨내는 것 같다.

너무나 상냥해, 나는 부끄럽지가 않다

그리고 안다, 더 이상 이름이 필요 없음을.

*

Das sind die Stunden, da ich mich finde.
Dunkel wallen die Wiesen im Winde,
allen Birken schimmert die Rinde,
und der Abend kommt über sie.

Und ich wachse in seinem Schweigen,
möchte blühen mit vielen Zweigen,
nur um mit allen mich einzureigen
in die einige Harmonie…

*

이제, 내가 나를 발견하는 시간.
어슴푸레 초원은 바람 속에서 물결치고,
모든 자작나무는 껍질이 은빛으로 반짝인다,
그리고 저녁이 그것들 위로 찾아온다.

나는 저녁의 침묵 속에서 자라나,
수많은 가지에다 꽃피우고 싶다,
그저 모두와 함께 하나의 조화 속으로 나를
윤무에 끼워넣기 위해…

*

Der Abend ist mein Buch. Ihm prangen

die Deckel purpurn in Damast;

ich löse seine goldnen Spangen

mit kühlen Händen, ohne Hast.

Und lese seine erste Seite,

beglückt durch den vertrauten Ton, —

und lese leiser seine zweite,

und seine dritte träum ich schon.

*

저녁은 나의 책. 저녁에게는

비단 같은 표지가 보랏빛으로 자랑스럽다.

나는 그것의 금빛 덮개를 열어젖힌다,

침착한 손으로, 서두르지 않고.

그리고 그 첫 페이지를 읽어나간다,

친근한 목소리로 행복을 느끼며, ─

그리고 더 나직이 그 다음 페이지를 읽고,

그리고 또 그 다음 페이지를 나는 벌써 꿈꾸고 있다.

Maurice Utrillo, 〈눈 덮인 파리의 에펠탑La Tour Eiffel à Paris sous la neige〉

창훈이여, 우리의 거대한 삶을
손쉽게 구획하는
너무나도 단순한 형체여.

———

Maurice Utrillo, 〈라팽 아질Le Lapin Agile〉

*

Oft fühl ich in scheuen Schauern,

wie tief ich im Leben bin.

Die Worte sind nur die Mauern.

Dahinter in immer blauern

Bergen schimmert ihr Sinn.

Ich weiß von keinem die Marken,

aber ich lausch in sein Land.

Hör an den Hängen die Harken

und das Baden der Barken

und die Stille am Strand.

*

수줍은 떨림 속에서 나는 자주 느낀다,

얼마나 깊이 내가 삶 속에 있는지를.

말들은 한낱 장벽일 뿐.

그 뒤편 언제나 짙푸른 산들 속에서

그 의미가 빛을 드러낸다.

나는 어디에서도 그 표지를 본 적 없지만,

그러나 나는 의미의 나라로 귀 기울인다

하여, 비탈에서는 갈퀴소리를

그리고 범선의 항해를

그리고 해변의 정적을, 나는 듣는다.

*

Und so ist unser erstes Schweigen:

wir schenken uns dem Wind zu eigen,

und zitternd werden wir zu Zweigen

und horchen in den Mai hinein.

Da ist ein Schatten auf den Wegen,

wir lauschen, — und es rauscht ein Regen:

ihm wächst die ganze Welt entgegen,

um seiner Gnade nah zu sein.

*

하여 우리의 첫 번째 침묵은 이와 같다:

우리는 바람에게 우리를 맡기고,

그리고 전율하며 우리는 나뭇가지가 되어

그리고 오월 속으로 귀를 기울인다.

그때 길들 위에 하나 그림자가 지고,

우리는 귀를 기울인다, ― 주룩주룩 한 줄기 비가 내린다:

비를 향해 온 세상이 발돋움한다,

비의 은총에 가까이 있으려.

Hôtel Montaut à Foix —

Maurice Utrillo,
〈푸아 몽토 호텔
Hôtel Montaut
à Foix〉

*

Ich fürchte mich so vor der Menschen Wort.

Sie sprechen alles so deutlich aus:

Und dieses heißt Hund und jenes heißt Haus,

und hier ist Beginn und das Ende ist dort.

Mich bangt auch ihr Sinn, ihr Spiel mit dem Spott,

sie wissen alles, was wird und war;

kein Berg ist ihnen mehr wunderbar;

ihr Garten und Gut grenzt grade an Gott.

Ich will immer warnen und wehren: Bleibt fern.

Die Dinge singen hör ich so gern.

Ihr rührt sie an: sie sind starr und stumm.

Ihr bringt mir alle die Dinge um.

*

나는 사람들의 말이 너무 두렵다.

그들은 모든 것을 너무나도 분명히 말해버린다:

이것은 개고 저것은 집이고,

여기가 시작이고 저기가 끝이고.

그들의 의미도 장난질도 나를 불안하게 만든다,

그들은 미래와 과거를 다 알고 있다,

어떤 산도 그들에겐 더 이상 놀랍지 않다.

그들의 정원과 농장은 곧바로 신과 접경한다.

나는 언제나 경고하고 저지하리라, '거리를 두라'고.

사물들이 노래하는 걸 나는 즐겨 듣는다.

너희가 그걸 건드린다면 그건 굳어버리고 벙어리가 된다.

너희는 그 모든 사물들을 나에게서 치워버린다.

*

Nenn ich dich Aufgang oder Untergang?
Denn manchmal bin ich vor dem Morgen bang
und greife scheu nach seiner Rosen Röte —
und ahne eine Angst in seiner Flöte
vor Tagen, welche liedlos sind und lang.

Aber die Abende sind mild und mein,
von meinem Schauen sind sie still beschienen;
in meinen Armen schlafen Wälder ein, —
und ich bin selbst das Klingen über ihnen,
und mit dem Dunkel in den Violinen
verwandt durch all mein Dunkelsein.

*

너를 해돋이라 부를까 혹은 해넘이라 부를까?
왜냐면 난 종종 아침이 두렵고
하여 그 장밋빛 노을로 수줍게 손을 뻗고 ―
그리고 노래도 없고 길기만 한 낮을 앞에다 둔
그 피리소리 속에서 어떤 불안을 예감한다.

하지만 저녁은 부드럽고 그리고 나의 것이다,
나의 바라봄으로 저녁은 조용히 비추어진다,
나의 품 속에서 숲들은 잠에 빠져든다, ―
그러면 나는 스스로 그것들을 덮는 울림이 되고,
그리고 바이올린에 깃든 그 어둠과
내 모든 어두움을 통해 하나로 맺어진다.

*

Senke dich du langsames Serale,
das aus feierlichen Fernen fließt.
Ich empfange dich, ich bin die Schale,
die dich faßt und hält und nichts vergießt.

Stille dich und werde in mir klar,
weite, leise, aufgelöste Stunde.
Was gebildet ist auf meinem Grunde
laß es sehn. Ich weiß nicht, was es war.

*

저 장엄한 원경에서 흘러나오는

너 느린 저녁놀이여, 가라앉아라.

내 너를 맞이하리니, 나는 접시라,

너를 담고 받치고 아무것도 흘리지 않으리.

넉넉하고 그윽하고 해방된 시간이여,

고요해지라 그리고 내 안에서 청명해지라.

내 가슴 밑바닥에 만들어진 것

그걸 보여다오. 그게 무엇이었는지, 나는 모르겠으니.

*

Kann mir einer sagen, wohin
mit meinem Leben reiche?
Ob ich nicht auch noch im Sturme streiche
und als Welle wohne im Teiche,
und ob ich nicht selbst noch die blasse, bleiche
frühlingfrierende Birke bin?

*

누군가 내게 말해줄 수 있을까?

어디로 나의 삶이 이르게 될지.

어쩌면 나는 여전히 폭풍 속에서 헤매는 건 아닌지,

그리고 연못 속에서 물결로서 살고 있는 건 아닌지,

그리고 나는 여전히 핼쑥하고 창백한

봄추위에 얼어붙은 자작나무는 아닌지.

Maurice Utrillo, 〈라팽 아질Le Lapin Agile〉

숲 위에서 귀 기울이는 구름들.

그것들을 사랑하는 법을 어떻게 우리는 배웠던가,

*

Die Nacht wächst wie eine schwarze Stadt,
wo nach stummen Gesetzen
sich die Gassen mit Gassen vernetzen
und sich Plätze fügen zu Plätzen,
und die bald an die tausend Türme hat.

Aber die Häuser der schwarzen Stadt, —
du weißt nicht, wer darin siedelt.

In ihrer Gärten schweigendem Glanz
reihen sich reigende Träume zum Tanz, —
und du weißt nicht, wer ihnen fiedelt...

*

밤은 어느 검은 도시처럼 자라난다,

거기선 말없는 법칙에 따라

골목과 골목이 그물을 이루고

광장이 광장에 짜 맞추어지고

하여 금세 천 개의 탑들을 갖게 된다.

그러나 이 검은 도시의 집들, ―

누가 그 속에 사는지, 너는 모른다.

이 도시의 정원들의 침묵하는 광휘 속에

윤무하는 꿈들이 춤을 추려 나란히 줄을 서지만, ―

누가 바이올린을 켜는지, 너는 모른다…

*

Auch du hast es einmal erlebt, ich weiß:
Der Tag ermattete in armen Gassen,
und seine Liebe wurde zweifelnd leis —

Dann ist ein Abschiednehmen rings im Kreis:
es schenken sich die müden Mauermassen,
die letzten Fensterblicke, hell und heiß,

bis sich die Dinge nicht mehr unterscheiden.
Und halb im Traume hauchen sie sich zu:
Wie wir uns alle heimlich verkleiden,
in graue Seiden
alle uns kleiden, —
wer von uns beiden
bist jetzt du?

*

너 또한 한때 그것을 겪었음을, 나는 안다:
낮이 가난한 골목들 속에서 고단해지고,
낮의 사랑이 실망하면서 조용해진 것을 —

그러면 한 이별이 주위를 둘러싸고 있다:
고단한 담벼락들이 마지막 창가의 눈길을
서로 보낸다, 밝게 그리고 뜨겁게,

사물들이 더 이상 구별되지 않을 때까지.
그러면 반쯤 꿈속인 채 그들은 서로 속삭인다:
어떻게 우리 모두 비밀스레 변장했지,
잿빛 비단으로
우리 모두 갈아입었어, —
우리 둘 중에 누가
지금 너인 거지?

*

Wenn die Uhren so nah
wie im eigenen Herzen schlagen,
und die Dinge mit zagen
Stimmen sich fragen:
Bist du da? —:

Dann bin ich nicht der, der am Morgen erwacht,
einen Namen schenkt mir die Nacht,
den keiner, den ich am Tage sprach,
ohne tiefes Fürchten erführe —

Jede Türe
in mir gibt nach…

Und da weiß ich, daß nichts vergeht,
keine Geste und kein Gebet,

(dazu sind die Dinge zu schwer)
meine ganze Kindheit steht
immer um mich her.

*

시계소리가 마치 자기의 심장에서처럼

아주 가까이 들릴 때,

사물들은 조심스런

목소리로 서로 묻는다:

너 거기 있니? — :

그러면 나는 아침에 깨어났던 그 내가 아니다,

밤은 나에게, 내가 낮에 만난 그 누구도

깊은 두려움 없이는 알지 못할

그런 이름 하나를 선사해준다 —

모든 문들이

내 안에서 느슨해진다…

그리고 그때 나는 안다, 아무것도 사라지지 않았음을,

어떤 몸짓도 어떤 기도도,

(그러기에는 사물들이 너무 무겁다)

나의 전체 어린 시절은

언제나 내 곁에 둘러 서 있다.

Niemals bin ich allein.

Viele, die vor mir lebten

und fort von mir strebten,

webten,

webten

an meinem Sein.

Und setz ich mich zu dir her

und sage dir leise: Ich litt ——

hörst du?

   Wer weiß wer

   murmelt es mit.

나는 결코 외롭지 않다.

내 앞에 살았던 수많은 사람들

그리고 잇따라 나로부터 노력했던,

짜나갔던

나의 존재에 대해

짜나갔던.

그러면 나는 너에게 다가 앉아

나지막이 너에게 말한다: 나 힘들었어 ―

너 듣고 있니?

　누가 알리 누가

　누구와 중얼거리는지.

Maurice Utrillo, 〈두 여자들Femmes aux fortifs〉

수줍은 떨림 속에서 나는 자주 느낀다,
얼마나 깊이 내가 삶 속에 있는지를.
말들은 한낱 장벽일 뿐,
그 뒤편 언제나 짙푸른 산들 속에서
그 의미가 빛을 드러낸다.

Maurice Utrillo, 〈통로Le passage〉

*

Ich weiß es im Traum,
und der Traum hat recht:
   Ich brauche Raum
   wie ein ganzes Geschlecht.

Mich hat nicht eine Mutter geboren.
Tausend Mütter haben
an den kränklichen Knaben
die tausend Leben verloren,
die sie ihm gaben.

*

나는 그것을 꿈속에서 안다.

그리고 꿈이 맞았다:

　　나는 공간이 필요하다

　　한 전체의 성(性)이 필요하듯이.

나는 한 어머니가 낳은 게 아니다.

수천의 어머니가

병든 아이들에게서

수천의 생명을 잃어버렸다

그분들이 그에게 주었던 그 생명을.

*

Fürchte dich nicht, sind die Astern auch alt,
streut der Sturm auch den welkenden
in den Gleichmut des Sees, —
die Schönheit wächst aus der engen Gestalt;
sie wurde reif, und mit milder Gewalt
zerbricht sie das alte Gefäß.

Sie kommt aus den Bäumen
in mich und in dich,
nicht um zu ruhn;
der Sommer ward ihr zu feierlich.
Aus vollen Früchten flüchtet sie sich
und steigt aus betäubenden Träumen
arm ins tägliche Tun.

*

너, 두려워하지 말라, 과꽃도 늙었고

폭풍도 또한 시들어가는 것들을

호수의 무심 속으로 뿌리고 있다, —

아름다움은 좁은 것으로부터 자라나느니;

그것은 무르익었고, 그리고 부드러운 힘으로

낡은 껍질을 깨부순다.

아름다움은 나무들로부터 나와

나의 안으로 그리고 너의 안으로,

그건 쉬기 위함이 아니다;

여름은 아름다움에게 축제 같아졌었다.

아름다움은 무르익은 과일들로부터 도망을 치고

그리고 마쳐된 꿈들로부터 솟아올라

가엽게도 일상의 행위 속으로 들어간다.

*

Du darfst nicht warten, bis Gott zu dir geht

und sagt: Ich bin.

Ein Gott, der seine Stärke eingesteht,

hat keinen Sinn.

Da mußt du wissen, daß dich Gott durchweht

seit Anbeginn,

und wenn dein Herz dir glüht und nichts verrät,

dann schafft er drin.

*

너는 기다려서는 안 된다. 신이 너에게로 와
"나는 존재한다"고 말할 때까지.
자신의 힘을 스스로 밝히는 그런 신은
아무런 의미가 없다.
너는 알아야한다. 태초부터 신이
너를 꿰뚫어 바람 불고 있음을.
하여, 너의 마음이 달아오르고 입을 닫을 때,
그때 신은 그 안에서 창조를 한다.

Maurice Utrillo, 〈몽마르트의 몽–스니 고개
Rue du Mont–Cenis à Montmartre〉

Rainer Maria Rilke

3. 시간 시집
Das Stunden—Buch 1909

제1권Erstes Buch

수도자적 삶에 관한 편*Das Buch vom mönchischen Leben 1899*

Da neigt sich die Stunde

Da neigt sich die Stunde und rührt mich an
mit klarem, metallenem Schlag:
mir zittern die Sinne. Ich fühle: ich kann —
und ich fasse den plastischen Tag.

Nichts war noch vollendet, eh ich es erschaut,
ein jedes Werden stand still.
Meine Blicke sind reif, und wie eine Braut
kommt jedem das Ding, das er will.

Nichts ist mir zu klein und ich lieb es trotzdem
und mal es auf Goldgrund und groß,
und halte es hoch, und ich weiß nicht wem
löst es die Seele los…

그때 시간이 기울어가며

그때 시간이 기울어가며 나를

맑은 금속성 똑딱임으로 건드린다:

나의 감각이 부르르 떤다. 나는 느낀다: 할 수 있다고 ―

하여 나는 조형적인 하루를 손에 쥔다.

아무것도 아직은 완성되지 않았었다, 내가 그것을 바라보기 전에는,

모든 생성은 조용히 멈춰 있었다.

나의 눈길이 무르익자, 마치 신부처럼

닿는 족족 원하는 사물이 다가온다,

아무것도 내겐 하찮지 않다 그리고 하찮다 해도 나는 그것을 사랑한다.

그리고 그것을 황금 바탕에다 그린다, 커다랗게,

그리고 그것을 높이 들어올린다, 그리고 나는 알지 못한다

그것이 누구의 영혼을 풀어놓아줄지…

*

Ich lebe mein Leben in wachsenden Ringen,
die sich über die Dinge ziehn.
Ich werde den letzten vielleicht nicht vollbringen,
aber versuchen will ich ihn.

Ich kreise um Gott, um den uralten Turm,
und ich kreise jahrtausendelang;
und ich weiß noch nicht: bin ich ein Falke, ein Sturm
oder ein großer Gesang.

*

사물들 위로 그려지는 원들,

자라나는 그 원들 속에서 나는 살고 있다.

그 마지막 원을 난 아마도 완수하지 못하겠지만,

그래도 나는 그것을 해보려 한다.

나는 신의 주위를 맴돈다, 그 태곳적 탑의 주위를,

나, 수천 년이나 돌고 또 돈다;

나, 그래도 아직 알지 못한다: 내가 매인지, 폭풍인지

혹은 하나의 위대한 노래인지.

*

Ich liebe meines Wesens Dunkelstunden,
in welchen meine Sinne sich vertiefen;
in ihnen hab ich, wie in alten Briefen,
mein täglich Leben schon gelebt gefunden
und wie Legende weit und überwunden.

Aus ihnen kommt mir Wissen, daß ich Raum
zu einem zweiten zeitlos breiten Leben habe.
Und manchmal bin ich wie der Baum,
der, reif und rauschend, über einem Grabe
den Traum erfüllt, den der vergangne Knabe
(um den sich seine warmen Wurzeln drängen)
verlor in Traurigkeiten und Gesängen.

*

나는 내 존재의 어두운 시간들을 사랑한다,

그 시간 속에서 나의 감각은 깊어진다;

그 감각 속에서 나는, 마치 오래된 편지 속에서 느끼는 것처럼,

나의 매일매일의 삶을 이미 살아 온 듯 느낀다

그리고 전설처럼 아득하게 그리고 극복한 듯 느낀다.

그 시간들로부터 내게 깨달음이 온다, 내가 공간을,

시간을 초월한 드넓은 또 하나의 삶을 위해 갖고 있다는.

그리고 이따금 나는 나무와도 같다,

그 나무는, 성숙하게 그리고 바람소리를 내며, 어느 무덤 위에서

꿈을 이루어준다, 사라져간 그 소년이

슬픔들과 노래들 속에서 잃어버린 꿈을.

(그 소년의 주위에는 나무의 따스한 뿌리들이 몰려든다)

*

Du, Nachbar Gott, wenn ich dich manches Mal
in langer Nacht mit hartem Klopfen störe, —
so ist's, weil ich dich selten atmen höre
und weiß: Du bist allein im Saal.
Und wenn du etwas brauchst, ist keiner da,
um deinem Tasten einen Trank zu reichen:
Ich horche immer. Gib ein kleines Zeichen.
Ich bin ganz nah.

Nur eine schmale Wand ist zwischen uns,
durch Zufall; denn es könnte sein:
ein Rufen deines oder meines Munds —
und sie bricht ein
ganz ohne Lärm und Laut.

Aus deinen Bildern ist sie aufgebaut.

*

이웃인 당신, 신이시여, 여러 차례 내가 당신을

긴긴 밤 거친 노크로 성가시게 하는 건, —

그건, 내게 당신의 숨결이 잘 들리지 않는 까닭입니다

그리고 나는 압니다: 당신이 넓은 방 안에 홀로 계신다는 걸.

그리고 당신이 무언가를 필요로 하실 때, 거기엔 아무도 없습니다,

더듬어보는 당신께 물 한 모금 건네줄 그 누구도:

나는 언제나 귀 기울이고 있습니다. 작은 표시라도 하나 주십시오.

나는 아주 가까이에 있으니까요.

우리 사이엔 오직 얇은 벽이 하나 있을 뿐,

우연히 말이지요; 왜냐면 이럴 수도 있으니까요:

당신이나 혹은 나의 입이 부르는 소리가 —

그걸 허물 수도 있으니까요

전혀 아무런 소리도 목소리도 없이요.

당신의 그림들로 그 벽은 만들어져 있습니다.

Und deine Bilder stehn vor dir wie Namen.
Und wenn einmal das Licht in mir entbrennt,
mit welchem meine Tiefe dich erkennt,
vergeudet sichs als Glanz auf ihren Rahmen.

Und meine Sinne, welche schnell erlahmen,
sind ohne Heimat und von dir getrennt.

그리고 당신의 그림들은 당신 앞에 서 있습니다. 마치 이름처럼.

그리고 언젠가 빛이, 그것으로 나의 속마음이 당신을 인식하는 그 빛이,

내 안에서 활활 타오를 때,

그건 찬란하게 액자틀 위에로 다 쏟아질 겁니다.

그런데 금방 시들어버리는 나의 감각은,

고향도 없이 당신으로부터 떨어져 있습니다.

Maurice Utrillo,
〈코르토 거리|Rue Cortot〉

*

Du Dunkelheit, aus der ich stamme,

ich liebe dich mehr als die Flamme,

welche die Welt begrenzt,

indem sie glänzt

für irgend einen Kreis,

aus dem heraus kein Wesen von ihr weiß.

Aber die Dunkelheit hält alles an sich:

Gestalten und Flammen, Tiere und mich,

wie sie's errafft,

Menschen und Mächte —

Und es kann sein: eine große Kraft

rührt sich in meiner Nachbarschaft.

Ich glaube an Nächte.

*

내가 유래한 너 어둠이여,

나는 너를 불꽃보다 더 사랑한다,

불꽃은 빛나면서

세계를 한정하지만

어떤 하나의 범위일 뿐

그 바깥에서는 어떤 존재도 그것을 모른다.

그러나 어둠은 모든 것을 자기 안에 품고 있다:

형태도 불꽃도, 그리고 동물도 나도,

마치 그 모든 걸 한데 묶듯이,

인간도 그리고 권력도 ―

하여, 어떤 위대한 힘이

나의 이웃에서 움직이고 있을 수도 있는 일이다.

나는 밤들을 믿는다.

*

Du siehst, ich will viel.

Vielleicht will ich alles:

das Dunkel jedes unendlichen Falles

und jedes Steigens lichtzitterndes Spiel.

Es leben so viele und wollen nichts,

und sind durch ihres leichten Gerichts

glatte Gefühle gefürstet.

Aber du freust dich jedes Gesichts,

das dient und dürstet.

Du freust dich aller, die dich gebrauchen

wie ein Gerät.

Noch bist du nicht kalt, und es ist nicht zu spät,

in deine werdenden Tiefen zu tauchen,

wo sich das Leben ruhig verrät.

*

당신은 보십니다, 내가 많은 걸 하려 한다는 걸.
어쩌면 나는 모든 걸 하려는 지도 모릅니다: 이를테면
모든 끝없는 추락의 어둠과
모든 상승의 찬란한 유희를.
저토록 많은 이들이 살면서 아무것도 하려 하지 않고,
그들의 가벼운 요리의 감칠맛을 통해
마치 귀족이 된 느낌입니다.

그러나 당신은 모든 얼굴을 기뻐하십니다,
봉사하고 갈망하는 모든 얼굴을.

당신은 모든 이들을 기뻐하십니다,
마치 도구처럼 당신을 사용하는 모든 이들을.

아직 당신은 식지 않았습니다, 하여 늦지 않았습니다,
당신의 깊어가는 깊이에 잠기는 일이.
삶이 잔잔히 비밀을 털어놓는 그 깊이에 잠기는 일이.

*

Ich finde dich in allen diesen Dingen,
denen ich gut und wie ein Bruder bin;
als Samen sonnst du dich in den geringen
und in den großen gibst du groß dich hin.

Das ist das wundersame Spiel der Kräfte,
daß sie so dienend durch die Dinge gehn:
in Wurzeln wachsend, schwindend in die Schäfte
und in den Wipfeln wie ein Aufersteh.

*

이 모든 사물들에게 나는 선하고 형제인 듯합니다,
이 모든 사물들 속에서 나는 당신을 발견합니다;
소소한 사물들 속에서 당신은 씨알로서 햇빛을 쬐고
커다란 사물들 속에서 당신은 커다랗게 당신을 내어줍니다.

그렇게 헌신하며 사물들을 통과해 가는 것,
그건 힘들의 놀라운 유희입니다:
뿌리 속에선 자라나면서, 줄기 속에선 줄어들면서,
그리고 우듬지에선 되살아나는 것 같은…

나는 사람들의 말이 너무 두렵다.
그들은 모든 것을 너무나도 분명히 말해버린다:
이것은 개고 저것은 집이고,
여기가 시작이고 저기가 끝이고.

———
Maurice Utrillo, 〈라팽 아질Le Lapin Agile〉

Maurice Utrillo, 〈브리스텐 교회의 풍경Vue de l'église Bristen〉

*

Ich liebe dich, du sanftestes Gesetz,

an dem wir reiften, da wir mit ihm rangen;

du großes Heimweh, das wir nicht bezwangen,

du Wald, aus dem wir nie hinausgegangen,

du Lied, das wir mit jedem Schweigen sangen,

du dunkles Netz,

darin sich flüchtend die Gefühle fangen.

Du hast dich so unendlich groß begonnen

an jenem Tage, da du uns begannst, —

und wir sind so gereift in deinen Sonnen,

so breit geworden und so tief gepflanzt,

daß du in Menschen, Engeln und Madonnen

dich ruhend jetzt vollenden kannst.

Laß deine Hand am Hang der Himmel ruhn

und dulde stumm, was wir dir dunkel tun.

*

나는 당신을 사랑합니다, 당신 가장 온유한 법칙이시여,

당신과 다투었기에 우린 성숙하였습니다;

우리가 억누를 수 없었던, 당신 위대한 향수이시여,

우리가 절대 빠져나갈 수 없었던, 당신 숲이시여,

우리가 모든 침묵으로 불렀던, 당신 노래이시여,

감정들이 달아나다가 붙잡혔던,

당신 어두운 그물이시여.

당신은 그토록 위대하게 당신을 시작하셨습니다

당신이 우리를 시작하셨던 바로 그날에, ─

하여 우리는 당신의 햇빛 속에서 이토록 무르익었고,

이토록 넓게 퍼졌고 그리고 이토록 깊이 심어졌습니다,

하여 당신은 인간들, 천사들, 성모상 속에서

쉬시면서 이제 당신을 완성할 수 있습니다.

당신의 손을 하늘의 비탈에 쉬게 하시고

그리고 묵묵히 허하십시오, 우리가 당신께 몰래 하는 일을.

*

Du bist so groß, daß ich schon nicht mehr bin,
wenn ich mich nur in deine Nähe stelle.
Du bist so dunkel; meine kleine Helle
an deinem Saum hat keinen Sinn.
Dein Wille geht wie eine Welle
und jeder Tag ertrinkt darin.

Nur meine Sehnsucht ragt dir bis ans Kinn
und steht vor dir wie aller Engel größter:
ein fremder, bleicher und noch unerlöster
und hält dir seine Flügel hin.

Er will nicht mehr den uferlosen Flug,
an dem die Monde blaß vorüberschwammen,
und von den Welten weiß er längst genug.
Mit seinen Flügeln will er wie mit Flammen
vor deinem schattigen Gesichte stehn
und will bei ihrem weißen Scheine sehn,
ob deine grauen Brauen ihn verdammen.

*

당신은 너무나 위대해서, 당신의 가까이에 서기만 해도
이미 나의 존재조차 지워집니다.
당신은 너무나 어두워서, 당신의 옷자락에 닿는
나의 조그만 빛 따윈 아무런 의미도 없습니다.
당신의 의지는 파도처럼 세차서
모든 나날들이 그 파도에 휩쓸립니다.

나의 동경만이 당신의 턱밑까지 솟구쳐 올라
당신 앞에 모든 천사들처럼 우뚝 섭니다:
낯설고 창백하고 그리고 아직 구원받지 못한
그리고 당신에게로 그 날개를 내미는 그런 천사.

그는 더 이상 가없는 비상飛翔을 원치 않습니다,
달들이 창백하게 떠서 지나간 그런 비상을,
그는 세상들에 대해 이미 충분히 알고 있기에.
불꽃처럼 날개로
그는 당신의 그늘진 얼굴 앞에 서려 합니다.
그리고 당신의 하얀 모습에서 보려 합니다,
당신의 잿빛 눈썹이 자기를 벌하려는 지를.

*

Du kommst und gehst. Die Türen fallen

viel sanfter zu, fast ohne Wehn.

Du bist der Leiseste von allen,

die durch die leisen Häuser gehn.

Man kann sich so an dich gewöhnen,

daß man nicht aus dem Buche schaut,

wenn seine Bilder sich verschönen,

von deinem Schatten überblaut;

weil dich die Dinge immer tönen

nur einmal leis und einmal laut.

Oft wenn ich dich in Sinnen sehe,

verteilt sich deine Allgestalt;

du gehst wie lauter lichte Rehe,

und ich bin dunkel und bin Wald.

Du bist ein Rad, an dem ich stehe:

von deinen vielen dunklen Achsen

wird immer wieder eine schwer

*

당신은 오고 또 갑니다. 문들은 닫힙니다
너무나 부드럽게, 거의 바람결 하나 없이.
당신은 조용한 집들을 지나서 가는,
모든 것 중에 가장 조용한 존재입니다.

사람들은 당신께 너무나 익숙하기에,
책으로부터 보지를 못합니다,
당신의 그림자로 푸름이 덮여
그 책의 그림들이 아름다워질 때면;
사물들은 언제나 당신의 소리를 내니까요
한 번은 나직이, 한 번은 크게.

종종 내가 당신을 사색 속에서 보게 될 때,
당신의 전모는 갈라집니다;
당신은 해맑게 빛나는 노루들처럼 지나갑니다.
그러면 나는 어둠이 되고 숲이 됩니다.

당신은, 내가 그 곁에 서 있는 바퀴입니다:
당신의 수많은 어두운 차축 중에서
자꾸만 하나가 무거워져서

und dreht sich näher zu mir her,

und meine willigen Werke wachsen

von Wiederkehr zu Wiederkehr.

내게로 가까이 향해옵니다,

하면 나의 의욕적인 작품들이 자라납니다

반복에 반복을 거듭하면서.

Maurice Utrillo, 〈크로잔의 광장의 성Château des Places in Crozant〉

제2권Zweites Buch

순례에 관한 편*Das Buch von der Pilgerschaft 1901*

Und so, mein Gott

Und so, mein Gott, ist jede Nacht;

immer sind welche aufgewacht,

die gehn und gehn und dich nicht finden.

Hörst du sie mit dem Schritt von Blinden

das Dunkel treten?

Auf Treppen, die sich niederwinden,

hörst du sie beten?

Hörst du sie fallen auf den schwarzen Steinen?

Du mußt sie weinen hören; denn sie weinen.

Ich suche dich, weil sie vorübergehn

an meiner Tür. Ich kann sie beinah sehn.

Wen soll ich rufen, wenn nicht den,

der dunkel ist und nächtiger als Nacht,

den Einzigen, der ohne Lampe wacht

und doch nicht bangt; den Tiefen, den das Licht

noch nicht verwöhnt hat und von dem ich weiß,

하여, 나의 신이시여

하여, 나의 신이시여, 매일 밤 그렇습니다;

깨어 있는 사람들은 언제나,

걷고 또 걷지만 당신을 찾지 못합니다.

당신은 들으시나요? 그들이 장님의 발걸음으로

어둠을 밟는 소리를.

나선형으로 감긴 계단 위에서

그들이 기도하는 걸 당신은 들으시나요?

당신은 들으시나요? 그들이 검은 돌바닥에 쓰러지는 소리를.

당신은 그들이 우는 걸 들으셔야 합니다. 울고 있으니까요.

나는 당신을 찾고 있습니다, 왜냐면 그들이 나의 문을 지나

고 있기에. 나는 그들이 거의 보이는 듯합니다.

누구를 내가 부르겠습니까, '그분'이 아니라면요,

어둠이신 그리고 밤보다 더 밤이신,

등불 없이도 깨어 있고 그러면서도 무서워 않는

유일하신 분; 깊으신 분, 빛이 아직도

건드리지 못한, 그리고 내가 아는 분,

weil er mit Bäumen aus der Erde bricht

und weil er leis

als Duft in mein gesenktes Angesicht

aus Erde steigt.

왜냐면 그분은 나무들과 함께 땅으로부터 헤쳐 나오기에

그리고 그분은 그윽이

내 얼굴에 드리워진 향기로서

땅으로부터 솟아오르기에.

*

Lösch mir die Augen aus: ich kann Dich sehn,

wirf mir die Ohren zu: ich kann Dich hören,

und ohne Füße kann ich zu Dir gehn,

und ohne Mund noch kann ich Dich beschwören.

Brich mir die Arme ab, ich fasse Dich

mit meinem Herzen wie mit einer Hand,

halt mir das Herz zu, und mein Hirn wird schlagen,

und wirfst Du in mein Hirn den Brand,

so werd ich Dich auf meinem Blute tragen.

*

내 두 눈을 꺼보세요: 그래도 난 당신을 볼 수 있지요,

내 두 귀를 닫아보세요: 그래도 난 당신을 들을 수 있지요,

그리고 두 발 없이도 난 당신에게로 걸을 수 있어요,

그리고 입이 없이도 그래도 난 당신에게 맹세할 수 있어요.

내 두 팔을 꺾어보세요, 그래도 난 당신을 안을 겁니다

내 심장을 손인 양해서.

내 심장을 멎게 해보세요, 그러면 내 뇌가 고동칠 겁니다,

내 뇌에 불을 질러보세요, 그러면 난 당신을

내 피에다 띄워 나를 겁니다.*

* 원래 루 살로메에게 바친 시. 연시로도 기도시로도 읽을 수 있다.

*

Und doch, obwohl ein jeder von sich strebt

wie aus dem Kerker, der ihn haßt und hält, —

es ist ein großes Wunder in der Welt:

ich fühle: alles Leben wird gelebt.

Wer lebt es denn? Sind das die Dinge, die

wie eine ungespielte Melodie

im Abend wie in einer Harfe stehn?

Sind das die Winde, die von Wassern wehn,

sind das die Zweige, die sich Zeichen geben,

sind das die Blumen, die die Düfte weben,

sind das die langen alternden Alleen?

Sind das die warmen Tiere, welche gehn,

sind das die Vögel, die sich fremd erheben?

Wer lebt es denn? Lebst du es, Gott, — das Leben?

*

마치 감옥에서 벗어나려는 것처럼 다들 벗어나려 애를 씁니
다, 자기를 미워하고 가두는 자기로부터. —

그럼에도, 세상에는 위대한 기적이 존재합니다:

나의 느낌으로는: 모든 삶이 살아지고 있다는 사실.

누가 도대체 그런 삶을 사는가요? 저 사물들인가요?

연주되지 않은 채 하프 속에 깃든 선율 같이

저녁 속에 머무는 그런 사물들인가요?

바다로부터 부는 바람들인가요?

신호를 주고받는 나뭇가지들인가요?

향기의 올을 짜는 꽃들인가요?

기나긴 늙어가는 가로수길들인가요?

걷고 있는 따뜻한 동물들인가요?

낯설게 날아오르는 새들인가요?

누가 도대체 그런 삶을 사는가요? 신이여, 당신이 사시는가
요, 그런 삶을?

*

Du bist die Zukunft, großes Morgenrot
über den Ebenen der Ewigkeit.
Du bist der Hahnschrei nach der Nacht der Zeit,
der Tau, die Morgenmette und die Maid,
der fremde Mann, die Mutter und der Tod.

Du bist die sich verwandelnde Gestalt,
die immer einsam aus dem Schicksal ragt,
die unbejubelt bleibt und unbeklagt
und unbeschrieben wie ein wilder Wald.
Du bist der Dinge tiefer Inbegriff,
der seines Wesens letztes Wort verschweigt
und sich den andern immer anders zeigt:
dem Schiff als Küste und dem Land als Schiff.

*

당신은 미래, 영원한 평원 위의

위대한 아침노을.

당신은 시간의 밤 뒤에 울리는 닭 울음소리,

이슬, 아침식사 그리고 처녀,

낯선 사나이, 어머니 그리고 죽음.

당신은 변모하는 형상,

언제나 고독하게 운명으로부터 솟아오르는,

환호하지도 않고 한탄하지도 않는

아무것도 적혀 있지 않은, 어느 야생의 숲과 같은.

당신은 사물들의 깊은 진수입니다,

그 본질의 마지막 말을 침묵하고 있는,

그리고 남들에게 언제나 다르게 자기를 보여주는:

배에겐 해안으로, 육지에겐 배로.

너는 알아야한다, 태초부터 신이
너를 꿰뚫어 바람 불고 있음을.

Maurice Utrillo, 〈브리스텐 교회L'église de bristen〉

Maurice Utrillo, ⟨랭스 대성당La cathédrale de Reims⟩

제3권Drittes Buch

가난과 죽음에 관한 편*Das Buch von der Armut und vom Tod 1903*

Du Berg, der blieb

Du Berg, der blieb, da die Gebirge kamen, —
Hang ohne Hütten, Gipfel ohne Namen,
ewiger Schnee, in dem die Sterne lahmen,
und Träger jener Tale der Cyklamen,
aus denen aller Duft der Erde geht;
Du, aller Berge Mund und Minaret
(von dem noch nie der Abendruf erschallte):

Geh ich in dir jetzt? Bin ich im Basalte
wie ein noch ungefundenes Metall?
Ehrfürchtig füll ich deine Felsenfalte
und deine Härte fühl ich überall.

Oder ist das die Angst, in der ich bin?
Die tiefe Angst der übergroßen Städte,
in die du mich gestellt hast bis ans Kinn?

버티었던, 산이신 당신이여

산맥이 밀려왔을 때도, 버티었던, 산이신 당신이여, ─

오두막 없는 산비탈, 이름 없는 산마루,

별들도 거기서 얼어붙는 만년설,

그리고 거기서 지상의 모든 향기가 뿜어 나오는

저 시클라멘의 계곡을 품고 있는 존재;

모든 산들의 입이자 사원의 첨탑이신 당신이여

(거기서 저녁기도가 울려퍼진 적은 전혀 없습니다만):

나는 당신 속에서 지금 걷고 있나요? 나는 현무암 속에 있나요?

아직 발견되지 않은 어떤 금속처럼?

외경스럽게 나는 당신의 바위 습곡을 채우고

그리고 도처에서 당신의 굳건하심을 느낍니다.

혹은 그것은 불안인가요? 그 안에 내가 있는?

거대도시들의 깊은 불안?

그 턱밑에까지 당신이 나를 세워다 놓은?

O daß dir einer recht geredet hätte

von ihres Wesens Wahn und Abersinn.

Du stündest auf, du Sturm aus Anbeginn,

und triebest sie wie Hülsen vor dir hin…

Und willst du jetzt von mir: so rede recht, —

so bin ich nicht mehr Herr in meinem Munde,

der nichts als zugehn will wie eine Wunde;

und meine Hände halten sich wie Hunde

an meinen Seiten, jedem Ruf zu schlecht.

Du zwingst mich, Herr, zu einer fremden Stunde.

오, 당신께 누군가 제대로 말했더라면 좋았을 것을,

그 도시들의 광기와 고집에 대해.

태초의 폭풍이신 당신, 당신은 일어나시어

그것들을 당신 앞의 콩깍지처럼 날려버리십시오…

하여 당신은 이제 내게 원하십니다: 그렇게 제대로 말해보라고, —

하여 나는 더 이상 주인이 아닙니다, 내 입 안에서.

내 입은 마치 하나의 상처처럼 닫히려는 것일 뿐;

그리고 나의 손들은 그저 내 곁에 붙어 있을 뿐

아무리 불러도 소용없는 저 개들처럼.

주여, 당신은 나를 어떤 낯선 시간으로 내모시는군요.

Maison de Jeanne d'Arc

Maurice Utrillo, 〈잔 다르크 생가와 동레미라뒤셀 교회
La maison de Jeanne d'Arc et l'église Domremy-la-Pucelle〉

Rainer Maria Rilke

4. 형상 시집
Das Buch der Bilder 1902

Initiale

Aus unendlichen Sehnsüchten steigen
endliche Taten wie schwache Fontänen,
die sich zeitig und zitternd neigen.
Aber, die sich uns sonst verschweigen,
unsere fröhlichen Kräfte — zeigen
sich in diesen tanzenden Tränen.

서시 (제1권 제2부)

무한한 그리움들로부터 유한한 행위들은 솟아오른다,

때가 되면 떨면서 기울고 마는

유약한 저 분수들처럼.

그러나, 그렇지 않으면 우리에게 침묵하였을 것들,

그래, 우리의 즐거운 힘들이―모습을 드러낸다,

이 춤추고 있는 눈물들 바로 그 속에서.

Einsamkeit

Die Einsamkeit ist wie ein Regen.
Sie steigt vom Meer den Abenden entgegen;
von Ebenen, die fern sind und entlegen,
geht sie zum Himmel, der sie immer hat.
Und erst vom Himmel fällt sie auf die Stadt.

Regnet hernieder in den Zwitterstunden,
wenn sich nach Morgen wenden alle Gassen
und wenn die Leiber, welche nichts gefunden,
enttäuscht und traurig von einander lassen;
und wenn die Menschen, die einander hassen,
in einem Bett zusammen schlafen müssen:

dann geht die Einsamkeit mit den Flüssen...

고독

고독은 비와도 같다.
바다로부터 저녁을 향해 밀려오른다;
머나먼 그리고 외진 들판으로부터
늘상 고적한 하늘로 갔다가
그리고 비로소 하늘로부터 고독은 도시 위로 내린다.

남녀합일의 시간들 속에서 아래로 비는 내린다,
모든 골목들이 아침을 향해 깨어날 때
그리고 아무것도 찾지 못한 육신들이
실망하여 슬프게 서로를 떠나갈 때;
그리고 서로서로 미워하는 사람들이
같은 침대에서 함께 잠을 자야 할 때

그때 고독은 강들과 함께 흘러간다…

Herbsttag

Herr: es ist Zeit. Der Sommer war sehr groß.
Leg deinen Schatten auf die Sonnenuhren,
und auf den Fluren laß die Winde los.

Befiehl den letzten Früchten voll zu sein;
gieb ihnen noch zwei südlichere Tage,
dränge sie zur Vollendung hin und jage
die letzte Süße in den schweren Wein.

Wer jetzt kein Haus hat, baut sich keines mehr.
Wer jetzt allein ist, wird es lange bleiben,
wird wachen, lesen, lange Briefe schreiben
und wird in den Alleen hin und her
unruhig wandern, wenn die Blätter treiben.

가을날

주여, 때가 되었습니다. 여름은 참으로 위대하였습니다.
해시계 위에다 당신의 그림자를 얹어두시고,
그리고 들판 위에다 바람들을 풀어두소서.

마지막 과일들에게 무르익으라 명하소서;
이틀만 더 남국의 날들을 베푸시어
그것들의 완성을 재촉하시고 그리고
마지막 단맛이 진한 포도주에 스미도록 하소서.

지금 집이 없는 사람은 더 이상 집을 짓지 않습니다.
지금 고독한 사람은 오래도록 고독한 채
잠들지 않고, 책을 읽고, 긴 편지를 쓸 것입니다.
그리고 가로수 길을 이리저리 불안스럽게
헤맬 겁니다, 낙엽이 흩날릴 때면.

Erinnerung

Und du wartest, erwartest das Eine,
das dein Leben unendlich vermehrt;
das Mächtige, Ungemeine,
das Erwachen der Steine,
Tiefen, dir zugekehrt.

Es dämmern im Bücherständer
die Bände in Gold und Braun;
und du denkst an durchfahrene Länder,
an Bilder, an die Gewänder
wiederverlorener Fraun.

Und da weißt du auf einmal: das war es.
Du erhebst dich, und vor dir steht
eines vergangenen Jahres
Angst und Gestalt und Gebet.

회상

그리고 너는 '하나'를 기다리고, 기대한다,
너의 삶을 무한히 늘려줄 그 하나를;
강력한 것, 비범한 것,
돌의 깨어남,
너에게로 향하는 깊은 내면을.

책꽂이에선 금색과 갈색의
책들이 어둠에 묻혀간다;
그리고 너는 생각한다, 지나온 고장들과
형상들과, 다시 잃어버린 여인들의
옷들을 생각한다.

그러다 너는 문득 깨닫는다: 바로 그것이었음을.
너는 일어난다, 그러면 너의 앞에 서 있다,
지나간 한 해의
불안과 모습과 그리고 기도가.

Herbst

Die Blätter fallen, fallen wie von weit,
als welkten in den Himmeln ferne Gärten;
sie fallen mit verneinender Gebärde.

Und in den Nächten fällt die schwere Erde
aus allen Sternen in die Einsamkeit.

Wir alle fallen. Diese Hand da fällt.
Und sieh dir andre an: es ist in allen.

Und doch ist Einer, welcher dieses Fallen
unendlich sanft in seinen Händen hält.

가을

잎이 떨어진다, 멀리에선 듯 떨어진다.
하늘의 먼 정원들에서 시든 것처럼
거부하는 몸짓으로 잎이 떨어진다.

그리고 밤마다 무거운 지구가 가라앉는다
모든 별들에서 떨어져 나와 고독 속으로.

우리들 모두가 떨어진다. 여기 이 손이 떨구어진다.
그리고 보라 다른 것들을. 모든 것 속에 그게 있다.

그런데 누군가가 있어, 이 떨어짐을
한없이 부드럽게 그의 양손에 받아준다.

Initiale

Gib deine Schönheit immer hin

ohne rechnen und reden.

Du schweigst. Sie sagt für dich: Ich bin.

Und kommt in tausendfachem Sinn,

kommt endlich über jeden.

서시 (제2권 제1부)

너의 아름다움을 언제든 내어줘라

계산하지도 말고 말하지도 말고.

네가 침묵해도, 너의 아름다움이 말해준다: '나는 있다'고.

그러면 그 아름다움은 수천 겹의 의미로 오게 된다,

마침내는 모든 이들 위에로 오게 된다.

Maurice Utrillo, 〈오퇴유의 반–루 거리Rue Van–Loo à Auteuil〉

내 두 눈을 꺼보세요: 그래도 난 당신을 볼 수 있지요,

내 두 귀를 닫아보세요: 그래도 난 당신을 들을 수 있지요,

그리고 두 발 없이도 난 당신에게로 걸을 수 있어요,

그리고 입이 없이도 그래도 난 당신에게 맹세할 수 있어요.

내 두 팔을 꺾어보세요, 그래도 난 당신을 안을 겁니다

Maurice Utrillo, 〈라팽 아질Le Lapin Agile〉

Rainer Maria Rilke

5. 새 시집
Neue Gedichte 1907

Liebeslied

Wie soll ich meine Seele halten, daß
sie nicht an deine rührt? Wie soll ich sie
hinheben über dich zu andern Dingen?
Ach gerne möcht ich sie bei irgendwas
Verlorenem im Dunkel unterbringen
an einer fremden stillen Stelle, die
nicht weiterschwingt, wenn deine Tiefen schwingen.
Doch alles, was uns anrührt, dich und mich,
nimmt uns zusammen wie ein Bogenstrich,
der aus zwei Saiten eine Stimme zieht.
Auf welches Instrument sind wir gespannt?
Und welcher Spieler hat uns in der Hand?
O süßes Lied.

사랑노래

나, 어떻게 내 마음을 가누어야 할까요?
내 마음이 그대에게 닿지 않게 하려면.
나, 어떻게 내 마음이 그대 너머에 있는 다른 사물들에게 닿
게 해야 할까요? 아, 이 마음을 나는 무언가
어둠 속에 있는 분실물에게다 맡겨놓고 싶군요
그대의 깊은 내면이 흔들리더라도, 흔들리지 않는
어떤 낯설고 조용한 장소에다가.
하지만 모든 것이, 우리에게 와닿는 모든 것이, 그대와 나,
우리를 함께 묶어버리는군요. 두 줄의 현에서
하나의 소리를 끌어내는 현악기의 활처럼.
어떤 악기 위에 걸쳐진 현일까요, 우리는?
어떤 악사가 켜고 있는 걸까요, 우리를?
오, 달콤한 노래여.

Blaue Hortensie

So wie das letzte Grün in Farbentiegeln
sind diese Blätter, trocken, stumpf und rauh,
hinter den Blütendolden, die ein Blau
nicht auf sich tragen, nur von ferne spiegeln.

Sie spiegeln es verweint und ungenau,
als wollten sie es wiederum verlieren,
und wie in alten blauen Briefpapieren
ist Gelb in ihnen, Violett und Grau;

Verwaschnes wie an einer Kinderschürze,
Nichtmehrgetragnes, dem nichts mehr geschieht:
wie fühlt man eines kleinen Lebens Kürze.

파란빛 수국

물감통 속에 마지막 남은 초록색처럼
이 잎들은, 꽃송이 뒤에서,
물기도 없고, 빛바래고, 그리고 거칠다. 꽃송이는
파란빛을 자기가 띠고 있다기보단, 그저 먼 데서 비쳐지는 느낌.

꽃송이는 그 파란빛을 눈물 번진 듯이 그리고 어렴풋하게 비춰준다,
다시금 그 파란빛을 잃어버리려는 듯이.
그리고 오래된 파란빛 편지지에서처럼
그 안엔 노랑도 있고, 보라도 그리고 회색도 있다;

아이들 턱받이처럼 빨아서 빛바랜 것,
더 이상 찾을 일 없는, 못 입게 된 헌 옷:
한 소소한 삶의 짧음을 사람은 어떻게 느끼는가.

Doch plötzlich scheint das Blau sich zu verneuen

in einer von den Dolden, und man sieht

ein rührend Blaues sich vor Grünem freuen.

하지만 갑자기 한 꽃송이로부터

파란빛이 생기를 되찾는 듯이 보인다, 그리고 우리는 본다,

한 감동적이리만치 파란빛이 초록빛 앞에서 기뻐하는 것을.

지금 집이 없는 사람은 더 이상 집을 짓지 않습니다.

지금 고독한 사람은 오래도록 고독한 채

잠들지 않고, 책을 읽고, 긴 편지를 쓸 것입니다.

Maurice Utrillo, 〈몽마르트Montmartre〉

Maurice Utrillo, 〈대장장이의 거리Rue de la Coutellerie〉

Die Liebende

Das ist mein Fenster. Eben
bin ich so sanft erwacht.
Ich dachte, ich würde schweben.
Bis wohin reicht mein Leben,
und wo beginnt die Nacht?

Ich könnte meinen, alles
wäre noch ich ringsum;
durchsichtig wie eines Kristalles
Tiefe, verdunkelt, stumm.

Ich könnte auch noch die Sterne
fassen in mir; so groß
scheint mir mein Herz; so gerne
ließ es ihn wieder los,

사랑에 빠진 여자

이건 나의 창문이네요. 방금
나는 아주 사뿐히 깨어났어요.
나는 두둥실 뜰 것 같은 기분이었어요.
어디로까지 나의 삶이 닿고,
그리고 어디서 밤이 시작될까요?

주위의 것 모두가
아직도 나인 것 같이, 그렇게 느껴지기도 해요;
수정 속처럼 투명하고,
어슴푸레하고, 고요해요.

저 별들조차도 나는 내 안에
품을 수 있을 것 같아요; 내게는 내 가슴이
그토록 커 보이네요; 얼마든지
내 가슴은 그를 다시 놓아줄 것도 같아요,

den ich vielleicht zu lieben,
vielleicht zu halten begann.
Fremd wie niebeschrieben
sieht mich mein Schicksal an.

Was bin ich unter diese
Unendlichkeit gelegt,
duftend wie eine Wiese,
hin und her bewegt,

rufend zugleich und bange,
daß einer den Ruf vernimmt
und zum Untergange
in einem andern bestimmt.

내가 아마도 사랑하기 시작한,
아마도 붙잡아두기 시작한 그 사람을요.
한 번도 묘사된 적 없는 듯 낯설게
나의 운명이 나를 바라보네요.

어쩌다 나는 이런
가엾음 아래 놓여 있는 걸까요,
초원처럼 향긋한 내음을 풍기면서,
이리저리 흔들리면서,

부르면서 동시에 그 부르는 소리를
누군가 알아들을까봐 겁을 내고 있네요
그리고 누군가 다른 사람 속에서
침몰하도록 이미 그렇게 되어 있는데.

Das Roseninnere

Wo ist zu diesem Innen

ein Außen? Auf welches Weh

legt man solches Linnen?

Welche Himmel spiegeln sich drinnen

in dem Binnensee

dieser offenen Rosen,

dieser sorglosen, sieh:

wie sie lose im Losen

liegen, als könnte nie

eine zitternde Hand sie verschütten.

Sie können sich selber kaum

halten; viele ließen

sich überfüllen und fließen

über von Innenraum

in die Tage, die immer

voller und voller sich schließen,

장미의 내부

어디에 이런 내부에 대한

외부가 있을까? 어떤 상처 위에다

사람들은 이런 아마포를 덮어줄까?

이 활짝 핀 장미의

이 근심 없는 장미의

안에 있는 호수에는

어떤 하늘이 비쳐질까, 보라:

어떻게 장미가 한 잎 한 잎 포개져 있는지를,

마치 어떤 떨리는 손도

그것을 흩트릴 수 없을 듯이.

장미는 자기 자신을 거의

가눌 수가 없다; 수많은 꽃들이 너무 가득 차

내부로부터 위로 넘쳐흐른다,

나날들 속으로,

그 나날들은

점점 더 충실하게 자기를 완성해간다,

bis der ganze Sommer ein Zimmer

wird, ein Zimmer in einem Traum.

온 여름이 하나의 방이 되도록까지,

어느 꿈속에 있는 방이 되도록까지.

Rosa Hortensie

Wer nahm das Rosa an? Wer wußte auch,
daß es sich sammelte in diesen Dolden?
Wie Dinge unter Gold, die sich entgolden,
enträten sie sich sanft, wie im Gebrauch.

Daß sie für solches Rosa nichts verlangen,
bleibt es für sie und lächelt aus der Luft?
Sind Engel da, es zärtlich zu empfangen,
wenn es vergeht, großmütig wie ein Duft?

Oder vielleicht auch geben sie es preis,
damit es nie erführe vom Verblühn.
Doch unter diesem Rosa hat ein Grün
gehorcht, das jetzt verwelkt und alles weiß.

담홍빛 수국

누가 이 담홍빛을 상상했을까? 누가 또 알았을까?

이 담홍빛이 이 꽃송이들 속에 모였을 줄을.

금빛이 벗겨져가는, 금빛 물건들처럼,

꽃송이들은 시나브로 붉음이 연해진다, 마치 써서 낡아버린 것처럼.

꽃송이들은 그런 담홍빛을 위해 아무것도 요구하지 않는다,

빛은 꽃을 위해 남아 있는가? 그리고 허공으로부터 웃고 있는가?

향기처럼 고결하게, 담홍빛이 사라질 때,

그것을 다정하게 맞아주는, 거기에 천사가 있을까?

혹은 어쩌면 꽃송이들이 담홍빛을 포기하는 걸 수도 있겠다,

담홍빛이 꽃의 시듦에 대해 절대 알지 못하도록.

하지만 이 담홍빛 아래서 초록빛은 다 엿들었다,

지금 시들고 있는 그리고 모든 것을 다 알고 있는 그 초록빛은.

Maurice Utrillo-V.

Maurice Utrillo, 〈애도의 교회L'église du Deuil〉

Rainer Maria Rilke

6. 프랑스어 시들

Französische Gedichte 1924-1926

Les Fenêtre 1924-1925

I

Il suffit que, sur un balcon
ou dans l'encadrement d'une fenêtre
celle que nous perdons
en l'ayant vue apparaître.

Et si elle lève les bras
pour nouer ses cheveux, tendre vase:
combien notre perte par là gagne soudain d'emphase
et notre malheur d'éclat!

창窓 1924-1925*

I

이미 족하다, 발코니 위, 만으로도
혹은 창틀 안, 만으로도
우리의 잃어버린 여인이 거기
다시 나타나는 걸 보기에는.

그런데 만일 그녀가 머리를 묶으려
팔이라도 들어 올린다면,
그걸로 얼마나 우리의 상실이 강조되는가
그리고 우리의 저 반짝거리는 불행도!

* 연작의 일부

III

N'es—tu pas notre géométrie,
fenêtre, très simple forme
qui sans effort corconscris
notre vie énorme?

Celle qu'on aime n'est jamais plus belle
que lorsqu'on la voit apparaître
encadrée de toi; c'est, ô fenêtre,
que tu la rends presque éternelle.

Tous les hasards sont abolis. L'être
se tient au milieu de l'amour,
avec ce peu d'espace autour
dont on est maître.

III

너는 우리의 기하학이 아니냐?
창窓이여, 우리의 거대한 삶을
손쉽게 구획하는
너무나도 단순한 형체여.

우리의 사랑하는 이가, 너의 테두리에
둘러싸여 모습을 드러낼 때보다
더 아름다워 보이는 일은 없다, 오, 창이여,
그녀를 거의 영원케 하는 것은 바로 너일지니.

모든 우연은 제거된다. 존재가
사랑의 한복판에 놓여 있고,
주위의 이 약간의 공간과 함께
사람들은 존재의 소유주가 된다.

18
Eau qui se presse

Eau qui se presse, qui court —, eau oublieuse
que la distraite terre boit,
hésite un petit instant dans ma main creuse,
souviens—toi!
Clair et rapide amour, indifférence,
presque absence qui court,
entre ton trop d'arrivée et ton trop de partance
Tremble un peu de séjour.

과수원 1924-1925 *

18

서두는 물

서두는 물, 달리는 물—, 무심한 대지가 마시는
잊어버리기 일쑤인 물,
나의 오므린 손에 잠시만 머물러라,
너, 기억하라!
깨끗하고 신속한 사랑, 무관심,
너무 달리는, 거의 부재라 해도 좋을 것,
너의 분주한 도착과 출발 사이에서
떨리는 체류의 이 한순간.

* 연작의 일부

54

l'imperturbable nature

J'ai vu dans l'œil animal

la vie paisible qui dure,

le calme impartial

de l'imperturbable nature.

La bête connaît la peur ;

mais aussitôt elle avance

et sur son champ d'abondance

broute une présence

qui n'a pas le goût d'ailleurs.

침착한 자연

나는 동물의 눈빛 속에서
영속하는 평온한 삶을 보았다네.
침착한 자연의
진득한 그 고요함을.

동물도 두려움을 모르는 건 아니라네;
그러나 그들은 곧장 나아가고,
그리고 풍요로운 들판 위에서
낯설지 않은 맛의
현전을 뜯어먹는다네.

Maurice Utrillo, 〈프로방스 교회L'église de Provence〉

너의 아름다움을 언제든 내어줘라

계산하지도 말고 말하지도 말고

Maurice Utrillo, 〈법원 거리Rue au tribunal〉

Les Roses 1926

II

Je te vois, rose, livre entrebâillé,
qui contient tant de pages
de bonheur détaillé
qu'on ne lira jamais. Livre—mage,

qui s'ouvre au vent et qui peut être lu
les yeux fermés…,
dont les papillons sortent confus
d'avoir eu les mêmes idées.

장미 1926*

II

나는 너를 본다, 장미여, 방긋이 열린 책,
행복의 페이지가 그토록 많이 적힌,
도저히 다 읽을 수 없는 책.
마술사 같은 책.

바람에 열려, 아마 눈을 감고서도
읽을 수 있는 책…,
똑같은 생각을 가졌기에
나비들도 어지럽게 날아드는 책.

* 연작의 일부

VI

Une rose seule, c'est toutes les roses

et celle—ci: l'irremplaçable,

le parfait, le souple vocable

encadré par le texte des choses.

Comment jamais dire sans elle

ce que furent nos espérances,

et les tendres intermittences,

dans la partance continuelle.

VI

한 송이 홀로인 장미, 그건 모든 장미
그리고 바로 이 장미: 사물들의 텍스트로 둘러싸여 있는
둘도 없는, 완벽한,
유연한 언어.

이것 없이 대체 어떻게 말하랴
우리의 희망이었던 것을,
그리고 끊임없는 출발에서의
나긋한 휴게의 시간들을.

VII

T'appuyant, fraîche claire

rose, contre mon œil fermé —,

on dirait mille paupières

superposées

contre la mienne chaude.

Mille sommeils contre ma feinte

sous laquelle je rôde

dans l'odorant labyrinthe.

VII

감은 나의 눈에 기댄
싱싱하고 밝은 장미여―,
두꺼운 나의 눈꺼풀에
포개져 있는

천 겹의 눈꺼풀처럼.
나의 가식을 감싸는 천 겹의 잠이여,
나는 자는 척하며
그 향기로운 미로를 배회한다.

VIII

De ton rêve trop plein,

fleur en dedans nombreuse,

mouillée comme une pleureuse,

tu te penches sur le matin.

Tes douces ronces qui dorment,

dans un désir incertain,

développent ces tendres formes

d'entres joues et seins.

VIII

내면에서 끝없이 피는 꽃이여,
우는 여자처럼 촉촉이 이슬에 젖어
너무나 많은 너의 꿈의 무게로
아침 위에 너는 너를 기울인다.

너의 잠자고 있는 상냥한 힘은
흐릿한 하나의 욕망 속으로,
나긋한 형태들을 펼쳐나간다,
뺨으로도 그리고 젖가슴으로도.

Montmartre, -

Maurice Utrillo, 〈라팽 아질Le lapin agile〉

Rainer Maria Rilke

7. 후기의 시들

Spätere Gedichte

Liebesanfang

O Lächeln, erstes Lächeln, unser Lächeln.
Wie war das Eines: Duft der Linden atmen,
Parkstille hören — , plötzlich in einander
aufschaun und staunen bis heran ans Lächeln.

In diesem Lächeln war Erinnerung
an einen Hasen, der da eben drüben
im Rasen spielte; dieses war die Kindheit
des Lächelns. Ernster schon war ihm des Schwanes
Bewegung eingegeben, den wir später
den Weiher teilen sahen in zwei Hälften
lautlosen Abends. — Und der Wipfel Ränder
gegen den reinen, freien, ganz schon künftig
nächtigen Himmel hatten diesem Lächeln
Ränder gezogen gegen die entzückte
Zukunft im Antlitz.

사랑의 시작

아, 미소, 맨 처음 미소, 우리의 미소.

얼마나 다 하나였던가. 보리수의 향기를 마시는 것과,

공원의 고요를 듣는 것과― , 갑자기 서로

쳐다보고 놀라고 이윽고 미소짓는 것과.

이 미소 안에는 추억이 스며 있다

방금 전 저쪽 잔디에서 놀던 토끼의 추억이.

이건 미소의 어린 시절이었다. 거기에 벌써

좀 더 엄숙한 백조의 미끄러짐도 녹아들어 있다. 그 후에 보았던.

우리는 그 백조가 호수를 가르는 걸 보았었다

두 쪽의 고요한 저녁 속으로.

―그리고 나무꼭대기가 테두리를,

그려주고 있었다. 이 미소에게

순결하고, 자유롭고, 금방이라도 다가올 저녁하늘을 배경으로 해서.

얼굴 속에 있는

그 황홀한 미래를 배경으로 해서, 그 테두리를.

Magie

Aus unbeschreiblicher Verwandlung stammen
solche Gebilde—: Fühl! und glaub!
Wir leidens oft: zu Asche werden Flammen;
doch: in der Kunst: zur Flamme wird der Staub.

Hier ist Magie. In das Bereich des Zaubers
scheint das gemeine Wort hinaufgestuft…
und ist doch wirklich wie der Ruf des Taubers,
der nach der unsichtbaren Taube ruft.

마법

형언할 수 없는 변용으로부터 태어난다
그런 조형들은—: 느끼라! 그리고 믿으라!
우리는 걸핏하면 괴로워한다, 불꽃이 재가 된다고.
하지만 아니다 예술에서는, 먼지가 불꽃이 되니.

여기에 마법이 있다. 마법의 세계에서는
그저 그런 말도 상승의 계단을 오르는 듯…
하지만 진실이다 그건, 마치 숫비둘기가
보이지 않는 암비둘기를 부르는 그 부름처럼.

Der Grabspruch

Rose, oh reiner Widerspruch,
Lust, Niemandes Schlaf zu sein
unter soviel Lidern.

묘비명

장미여, 오, 순수한 모순이여,
그토록 많은 눈꺼풀 아래서
그 누구의 잠도 아닌, 기쁨이여.

Für Frau Johanna von Kunesch

Die Jahre gehn… Und doch ist's wie im Zug:
Wir gehn vor allem und die Jahre bleiben
wie Landschaft hinter dieser Reise Scheiben,
die Sonne klärte oder Frost beschlug.

Wie sich Geschehenes im Raum verfügt;
Eines ward Wiese, eins ward Baum, eins ging
den Himmel bilden helfen… Schmetterling
und Blume sind vorhanden, keines lügt;

Verwandlung ist nicht Lüge…

요하나 폰 쿠네쉬 부인에게

세월이 흐른다지만⋯ 그건 기차 속에 있는 거랑 마찬가지죠:
모든 것들 옆에서 달리는 건 우리고 세월은 머물러 있죠
마치 이 여행의 차창 밖에서, 해가 빛나고
서리가 내렸던 그 풍경처럼 말이죠.

생겨났던 것들이 공간 속에서 어떻게 처리되던가요;
어떤 건 초지가 됐고, 어떤 건 나무가 됐고, 어떤 건
하늘 만들기를 도우러 가기도 했고⋯ 나비도
그리고 나무도 거기에 있죠, 아무것도 거짓말하지 않죠;

변신은 거짓말이 아니랍니다⋯

Haï–kaï

C'est pourtant plus lourd de porter des fruits que

des fleurs.

Mais ce n'est pas un arbre qui parle —

c'est un amoureux. (en français)

Es ist doch viel schwerer, Früchte zu tragen als

Blumen.

Aber kein Baum, der sagt —

es ist ein Mensch, der liebt. (auf deutsch)

단구 短句

열매를 맺는 것은 꽃을 피우기보다 어렵다,
허나, 그것은 언어의 나무가 아닌——
사랑의 나무.

Montmartre,

Maurice Utrillo, 〈라팽 아질Le Lapin Agile〉

아포리즘과 연보
Rainer Maria Rilke Aphorism & Chronologie

인류는 먹는 것조차 무엇인가 다르게 변화시키고 말았습니다. 한쪽에서는 결핍이, 다른 한쪽에서는 과잉이 이 욕구의 투명성을 흐리게 해버린 것입니다. 생명을 갱신하는 깊고 단순한 모든 필요가 마찬가지로 흐려져버리고 말았습니다. 하지만 개별의 인간은 자신을 위하여 자신의 욕구를 깨끗하게 닦고, 맑은 생활을 할 수 있습니다. 동물이나 식물 세계의 어떤 아름다움이 사랑과 동경과 말없이 지속적인 형태를 취하고 있음을 상기했으면 합니다.

Maurice Utrillo, 〈웨상 섬의 농장Farm on L'Ile d'Ouessant〉

Maurice Utrillo, 〈피갈레 광장Lieu Pigalle〉

부모에게 조언을 구해서는 안 됩니다. 이해받으리라고 기대해서도 안 됩니다. 오로지 당신을 위해 유산처럼 축적되는 사랑을 믿으십시오. 또한 이 사랑에는 멀리 가기 위해서라도 벗어나서는 안 될 하나의 축복이 있다는 것을 믿으십시오.

Maurice Utrillo, 〈몽마르트 언덕의 어느 구석
Un coin de la butte Montmartre〉

사랑한다는 것은 긴 시간을 거쳐 인생의 깊숙한 내부에 이
르는 고독입니다. 사랑은, 사랑하는 사람을 위한 보다 고양
되고 보다 심화된 고독을 의미합니다. 사랑은, 자신을 그저
개방하고 바쳐서 다른 사람과 결합하는 것이 아닙니다.

Maurice Utrillo, ⟨육교Le Viaduc⟩

사랑한다는 것은 스스로가 성숙하려는, 자신의 내부에서
무엇이 되려는, 하나의 세계가 되려는, 다른 한 사람을 위
해서 그 스스로 의미 있는 세계가 되려는 숭고한 자발성입
니다. 한 사람을 선택하여 드넓은 곳으로 나아가려는 그 무
엇입니다. "스스로가 부여한 과제로서 자기 자신을 만든다.
밤낮 없이 귀를 기울이고 망치질한다"는 의미에서만, 연인
들은 자신들에게 주어진 사랑을 사용할 수 있을 것입니다.

여성의 내면에는 삶이 보다 직접적이고 보다 생산적으로 보다 신뢰감에 차서 깃들어 있으므로, 육체의 열매의 무게로 삶의 표면 밑으로 끌어당겨진 적 없는 경박한 남성이나 거만하고 성급하며 자신이 사랑한다고 생각하는 것을 업신여기는 남성보다는, 근본에 있어서 훨씬 성숙하고 훨씬 인간적인 인간이 되어 있을 것입니다. 고통과 굴욕을 견디고 나온 여성의 이 인간성은, 여성이 그 외적인 신분의 변화와 함께 오직 여성다워야 한다는 인습을 벗어던지는 날에야 비로소 명백해질 것입니다. 그리고 오늘날에도 아직 그날이 다가오고 있음을 느끼지 못하는 남성들은 그것에 경악하고 타격을 받을 것입니다.

Maurice Utrillo, 〈교외의 거리Rue de banlieue〉

우리는 고독한 존재입니다. 그뿐입니다. 그러나 우리는 고
독하다는 것을 이해하고, 바로 거기에서 출발하는 편이 얼
마나 더 좋은지 모릅니다.

Maurice Utrillo, 〈세인트 빈센트 거리Rue St.Vincent〉

저는 당신이 황량한 현실의 어딘가에서 고독하고 용감하
게 살고 있다면 기쁘겠습니다.

당신을 위로하려고 애쓰는 자가 때때로 당신을 기쁘게 하는 단순하고 조용한 말처럼 아무런 고생도 없이 살고 있다고는 생각하지 마세요. 그의 삶도 많은 고생과 슬픔에 차 있고, 당신보다 훨씬 뒤져 있습니다. 그렇지 않다면, 그는 그러한 말을 찾아낼 수 없었을 것입니다.

견디기에 충분한 인내와, 믿기에 충분한 순진성을 당신의 내부에서 찾아내기를 희망합니다. 어려운 것에 대해서, 그리고 다른 사람들 사이에서 느껴지는 당신의 고독에 대해서 더욱더 깊은 신뢰감을 가져주기를 희망합니다. 이러한 태도는 우리들 인생이 인생으로 하여금 제 길을 가게 하는 것입니다. 제 말을 믿으십시오. 인생은 옳은 것입니다, 어떠한 경우에도.

더 이상 바꿀 수 없는 일이라면 그 사실을 후회한다거나 비관하지 말고 단순히 사실로 인정하는 것이 좋습니다.

Maurice Utrillo, 〈몽마르트 세인트 장 성당Eglise Saint Jean de Montmartre〉

1875

12월 4일, 체코 프라하에서 아버지 요제프 릴케와 어머니 소피 피아 릴케 사이의 아들로 태어났다. 누이가 하나 있었지만 태어난 지 얼마 안 되어 병으로 사망했다.

릴케의 어머니는 먼저 보낸 딸을 그리워하며 릴케가 일곱 살 때까지 여자아이 옷을 입혔다. 아버지는 장교의 꿈을 이루지 못한 철도 회사의 역장이었다. 불안정한 결혼 생활을 이어가던 릴케의 부모는 1884년 이혼하고 릴케는 어머니 밑에서 자란다.

1882~1891

1884년까지 독일인 국민학교에, 1890년까지 국가 장학생으로 육군유년학교에 다녔다. 1890년 육군고등실업학교에 진학하지만 적응하지 못하고 다음 해에 병으로 그만둔다. 린츠 상과학교에 들어가지만 이 역시 그 다음 해에 그만둔다. 본격적으로 시를 쓰기 시작했다.

1893

발리라는 이름의 소녀를 만나 사랑을 나누다. 발리의 외삼촌은 체코 신낭만파의 대표인 율리우스 차이어이며 발리 역시 글을 쓰는 등 예술적 재능을 지니고 있었다. 이 시절의 릴케는 수많은 편지와 시를 써 그녀에게 바쳤다.

1894

잡지에 발표한 시들을 모아서 감상적인 연애시 위주인 첫 시집 『삶과 노래』를 자비로 출판했다. 후에 릴케는 이 시들을 매우 부끄러워하였다.

1895

프라하 대학에 입학하여 다음 해에 법률 학부로 진학했다. 두 번째 시집인 『가신에게 바치는 제물』을 출간. 이어서 자신의 작품을 읽어줄 독사에 내한 희구와 작품의 영원성을 기리는 '민중에게 바치는 노래들'이라는 부제의 팜플렛 「치커리」를 발행했다.

1897

뮌헨에서 운명의 여인, 루 살로메를 만나다. 살로메는 품격과 능력을 고루 갖춘 작가이자 당시 지성 사회에 이름난 여인이었다. 릴케보다 14살 연상으로 자유분방한 정신세계와 따뜻한 마음을 가진 사람이었던 살모네는 릴케의 영혼적 동반자로 발전하였고 릴케는 평생토록 그녀를 의지한다. 릴케는 살로메의 권유에 따라 '르네'라는 아명을 버리고 '라이너'라는 독일식 이름을 쓰기 시작하였고 그녀와의 만남 이후 그녀에게 인정받고 싶은 욕구로 여러 글들은 발표한다.

1898

예술 일반에 대한 생각을 담은 『피렌체 일기』, 시집 『강림절』, 단편집 『삶을 따라서』를 출간.

1899

시집 『나의 축제를 위하여』, 에세이 『사랑하는 신 이야기』를 출간.

1901

보르프스베데 근교에서 조각가이자 로댕의 문하생인 클라라 베스트호프와 결혼. 12월 12일, 외동딸 루트가 태어났다.

1902

9월 1일, 로댕의 작업실을 방문했다.
러시아 역사와 파리에서 받은 인상들, 성경의 여러 모티브들을 소재로 하는 『형상시집』과 단편소설 『마지막 사람들』을 출간.

1903	파리에 있는 로댕의 집에 머물면서『로댕론』을 썼다.
1905	파리 근교 뮈동에 있는 로댕을 찾아가, 파리에서 두 번째로 체류. 1899년부터 꾸준히 집필해 온『기도시집』을 출간해 루 살로메에게 헌정했다. 릴케는 '기도서'라는 형식을 가져와 자신의 예술 행위에 종교적인 치열성을 부각시켰다. 나아가 이 시집이 일반적 시집으로 읽히기보다 성경과도 같이 독자에게 어떠한 지침이 될 수 있기를 바랐다.
1906	3월 14일, 프라하에 있던 아버지가 사망. 파리의 로댕 집에 머물며 그의 비서로 일하기 시작하지만 사소한 일로 갈등이 생겨서 떠나다.『기수 크리스토프 릴케의 사랑과 죽음의 노래』를 출간.
1907	카프리 섬에서 머물다가 다시 파리로 돌아와 세 번째 파리 체류를 시작한다. 11월, 베네치아에서 집필을 하며 미미 로마넬리와 사귀었다. 12월,『신시집』을 출간.
1908	『신시집 별권』을 출간하고 이를 로댕에게 헌정한다.
1910	베니스에 머물다가 다시 파리로 되돌아와 앙드레 지드를 만나다.『말테의 수기』를 출간.
1911	심리적 불안정이 심해져 계속해서 방랑했다. 알제리, 튀니지 등의 북아프리카, 나일강, 베니스, 보헤미아 지방 등으로 끊임없이 여행을 하다가 겨울에는 두이노 성에서 칩거를 하기도 했다.

1913   뮌헨에서 루 살로메와 함께 정신분석 학회에 참가해 프로이트를 비롯한 학자들과 만나다.

1914   6월 28일, 제1차 세계대전이 발발. 릴케는 학창시절 적응하지 못했던 군사학교의 악몽이 되살아나 신경성 위장염이 심해져 요양을 간다. 파리에 있는 재산을 전부 잃은 릴케에게 익명의 독자가—나중에 밝혀진 바로는 철학자 비트겐슈타인이—2만 금화를 선물했다.

1915   제1차 세계대전에 징집되지만 군복무 면제를 청원했다.

1916   빈에서 6월까지 군복무를 하고 전사편찬위원회에서 근무했다.

1919   뮌헨에 머물며 루 살로메와 재회. 이때 릴케의 작품들이 급격히 인기를 얻는다. 『원초의 음향』을 출간했다.

1923   요양원과 성 등에 머물며 주로 홀로 시간을 보냈다. 『두이노의 비가』와 『오르페우스에게 부치는 소네트』를 출간.

1925   인생에 마지막으로 파리에서 머물렀다. 9월 1일, 뮈조트 성으로 돌아와 유언서를 작성하며 오십 번째 생일을 홀로 지냈다.

1926   프랑스어로 시를 쓰기 시작하여 프랑스어 시집 『과수원』을 출간했다.
12월 29일 새벽, 말년을 보냈던 발몽 요양소로 돌아와 백혈병으로 숨을 거두다. 그의 묘지에는 "장미여, 오, 순수한 모순이여,…"라는 묘비명이 새워져 있다.

라이너 마리아 릴케
그림시집

2022년 1월 28일 1판 2쇄 펴냄

지은이 라이너 마리아 릴케
옮긴이 이수정
펴낸이 김철종

펴낸곳 에피파니
출판등록 1983년 9월 30일 제1 - 128호
주소 서울시 종로구 삼일대로 453(경운동) 2층
전화번호 02)701 - 6911 **팩스번호** 02)701 - 4449
전자우편 haneon@haneon.com

ISBN 978-89-5596-853-8 03850

* 이 책에 실린 시편들은 *Rainer Maria Rilke Sämtliche Werke.* 7 Bände. Hg. vom Rilke —Archiv in Verbindung mit Ruth Sieber—Rilke, besorgt durch Ernst Zinn. Insel Verlag, Frankfurt am Main 1955–1966 (Bd. 1-6), 1997 (Bd. 7)와 'Die große online— Gedichtesammlung' gedichte.eu/dichter—r.php에서 엄선했습니다.

* 『라이너 마리아 릴케 그림 시집』 속의 그림들은 '몽마르트의 화가'라 불리우는 모리스 위트릴로(Maurice Utrillo, 1883~1955)의 작품입니다. 위트릴로는 사생아로 태어나 알코올 중독으로 정신 병원에 입원하는 등 평생을 불안정한 심리 상태로 살았지만, 정신 요양을 위해 독학으로 시작한 그림에서 재능과 희망을 동시에 발견했습니다. 평생 파리의 골목 풍경을 그리다 몽마르트에 잠든 위트릴로의 그림과 삶에서 끊임없이 방랑하면서도 예술에서 길을 찾고자 노력했던 릴케의 모습을 엿볼 수 있습니다.

* 본문 그림 밑의 글들은 릴케의 시에서 발췌하였습니다.

* 이 책의 무단전재 및 복제를 금합니다.

* 책값은 뒤표지에 표시되어 있습니다.

* 잘못 만들어진 책은 구입하신 서점에서 바꾸어 드립니다.

이 도서의 국립중앙도서관 출판예정도서목록(CIP)은 서지정보유통지원시스템 홈페이지 (http://seoji.nl.go.kr)와 국가자료공동목록시스템(http://www.nl.go.kr/kolisnet)에서 이용하실 수 있습니다.(CIP제어번호: 2018022492)